歌人番外列伝
異色歌人逍遥

塩川治子
Shiokawa Haruko

短歌研究社

序

春日真木子

軽井沢から追分、小諸に向けて国道十八号線を行く途次、古宿の辺り右側に「玻瑠山居」の鮮やかな表示がある。治子さんの名に因んでの「玻瑠山居」、此処が塩川さんの住居であり、アトリエである。その広大な庭からも書斎からも浅間の威容が見える。

東京生れ、東京育ちの塩川さんが此処に移られて四十有余年経つと聞く。浅間の威容とマグマより噴く炎が彼女の文才を促し、筆を走らせるのだろうか。彼女も自身を「浅間山人」と称している。この間に信濃の歴史、文化、郷土史を研究。塩川さんは作家であり、歌人である。小説は『北斎の娘』、歌人、杉浦翠子の評伝小説『不死鳥』をはじめ十冊を越え、歌集は『水の火矢』、『霧無韻』、『霧ものがたり』、『風の旅人』の四冊がある。特に『霧ものがたり』は、彼女自身波乱に充ちた時期であり、ドラマ性があり、女性のあらたな生き方を思わせる。浅間山麓を流れる霧がその間の憂愁に気品を加えている。

信濃を第二の故郷とする塩川さんの、「作中人物と同じ地域のことは、その地域に暮らしてこそ、初めて見えてくる」という言葉のもと、追分宿場の遊女たちを描いた『桂ヶ淵物語』は佐久文化賞を受賞されている。

二〇〇一年より軽井沢町立図書館ほか町内の文化施設の館長を務められ、女性初の館長として注目を集めた。この間、社会における女性問題をライフワークとして研究をつづけたと聞く。その後二〇一一年に再度文人館長として復帰されており、蓄積された教養の幅のひろさを、この一集は語っている。

目次にずらりと並ぶ「歌人番外列伝」、今までこれほど番外を連ねた一集は稀有ではなかろうか。その趣旨は彼女の「あとがき」に明らかで、視野は広い。歌集が一冊あることを原則として、文化人はもとより、政治家、実業家、学者、そして死刑囚もあり、雨宮雅子氏主宰の「雅歌」に連載の稿を主にまとめられたと思う。丹念な調査のもと、人それぞれの人生に対峙し、二十世紀に生きた人たちの思想、業績、そして私生活など全体像を通し、当時の時代精神も窺える。その間に挿入の短歌が、折々の奥深い姿を暗示し、やわらかな感性を表して親しめる。短歌は自己との対話、おのずから流露するものであろうか。作者の教養のゆえか、草木など自然に向かう眼差しも思索的であり、作品の背景についての彼女の理解も滋味を添えている。

「異色歌人」は、「表舞台の歴史より裏に流れる人間の運命に惹かれる」という塩川さんの、素通りできない見どころをあきらかにしており、短歌史逍遥のゆたかさが加わった。

この一集は塩川さんのウイットに富む眼差しにより、信濃はもとより日本の歴史、文化をより豊かに語り伝える才筆の一集である。短歌はシンプルな詩型ゆえに時代を超え、人間の根源を呼び覚ますのであろうと九十四歳の私は改めて感じたのである。広く御清鑑を願っている。

令和二年十月

目次

歌人番外列伝

異色歌人逍遥

歌人番外列伝―異色歌人逍遥

歌人番外列伝

一　回生の人――鶴見和子

鶴見和子さんの妹内山章子《あや》さんが、わたしの館長時代に軽井沢図書館へ、和子さんの歌の草稿を持っていらしたことを今でも思い出す。

俳人である章子さんと私は古い付き合いだったので、歌をやっている私のところにいらしたのだろう。その時、病気で倒れられた和子さんの様子を詳しくお聞きした覚えがある。次々と出てきた和子さんの歌を書き取り、一冊の歌集に纏められ、俳画をなさっていた章子さんが表紙を飾った。

和子さんは社会学者として有名な方であるが、若いときに、佐佐木信綱門下で歌集『虹』一冊を出して歌からは遠ざかっていた。その和子さんが、半世紀を経て、脳出血で倒れたその時から歌が迸り出たというから、不思議な歌への甦りというしかない。又、そのことで命を救われたと社会学者として、学問上の追求を試みることになる。学者として和子さんは、こう分析する。「歌は情動と理性的認識とを統一して表現するすぐれた思索の方法である」（『回生』あとがき）

和子さんは恵まれた環境に育った。父の鶴見祐輔に伴われ信綱門下となり、母は後藤新平の娘で、当時の知識階級の中で伸び伸びと青春を謳歌していた。両家が所有していた軽井沢の別荘に来ていて詠んだ歌がある。

みすゞかる信濃の国は天霧《ぎ》らふ雲のうまし子山のめぐし子
馬逸《はし》り　鬣《たてがみ》ふれば我が髪も躍り乱るゝ浅間おろしに
落葉松《からまつ》の芽ぶくはおそし細き枝ゆ枝へ裾ひく夕浅間嶺は

そして歌集『虹』には幸せな若いときと、後の情熱的な活動の萌芽を思わせる歌がある。

若き胸やぶるばかりの幸ひをふゝみもてこよ五月微風《さつきそよかぜ》
我が夢の一つ一つを負はすべくあまたの生命《いのち》欲しと思へり
揺籃に安らぎゐつつ護《まも》られてあることをふとさびしみにけり
若うして世を恐れざりし火の性《さが》の我に還らむ希《ねがひ》ひた湧く

和子さんは昭和六（一九三一）年、浅間丸で、アメリカへの留学に向かう。その間の未発表の歌稿に、異国で勉学に励む姿と、世の中の動きを肌で敏感に受け止めた知的な和子さんがいた。

我が国に大き変動の起らむを潜みて遠く我学ばむか
さやらずに止まらぬ水の性なれば流れてを行く行方は知らず

日米開戦の後に、交換船で帰国を余儀なくされた和子さんは、この時にＦＢＩに全ての書類とともに歌稿も没収されてしまう。戦後に返還されるが、その歌稿の中に先の歌があった。

戦後、学業を終えた和子さんは、社会学者として国際的にも活躍するが、歌とは別れたまま学問的領域での業績を残していく。その和子さんを突然襲ったのが脳出血だった。そして平成七（一九九五）年十二月に倒れ入院した直後から、和子さんの口から歌が迸るように出てきたことは、ご本人にも意外のことだったろう。まさに半世紀を経て、半身麻痺になって歌の復活をとげた奇跡のような出来事は、生きるという執念に他ならない。生命のぎりぎりのところで捉えた歌の力に縋りついた和子さんの身体に韻律の響きが蘇った時でもあった。生命の鼓動と相会う歌の妙音との遭遇だった。もし和子さんが歌をやっていなかったら巡り合う僥倖ではなかった。と考えるとその後の和子さんの脚光はなかったかもしれない。それが又、和子さんを輝かしく生かしてもいる。第二歌集『回生』の最初に詠まれた歌が、まさに、このことを表している。

半世紀死火山となりしを轟きて煙くゆらす歌の火の山

病は時に、絶望の淵に引きずり込み、心を蝕む暗雲に覆われたりする。そこから抜け出すためには現状を認識し、自らに希望を与えなければならない。和子さんは歌という細い線に、命の回線を繋げた。それは強靱な魂と精神の研磨によってである。

身の渇き　癒すすべあれ　魂《たましい》の渇きしずむるすべいまださとらず
心身の痛苦を越えて　魂《たましい》の扉を我も開きもてゆかん
花道を杖もて歩む　静《しずか》われ　昔を今になすよしもがな

二　越しびと――片山廣子

片山廣子というと、すぐに芥川龍之介、堀辰雄と繋がってしまうのは、二人の文学者に私生活を含めて大きな影響を与えたという点からで、廣子の人となりを語っていて許される気がする。

廣子は、ペンネームを松村みね子というアイルランド文学の翻訳者として名を知られていたが、「心の花」の歌人でもあった。廣子は、明治十一（一八七八）年に東京に生まれ、十八歳の時に佐佐木信綱の門をたたいた。二十一歳で結婚し、夫は順調に出世して、日本銀行の理事となるが、廣子四十二歳のときに死去。以後未亡人となる。その四年後、芥川と知り合う。室生犀星、堀辰雄を介して軽井沢で廣子と会った芥川は、その三年後の昭和二（一九二七）年七月に自殺。その一カ月前に、芥川は、堀辰雄に連れられて廣子の自宅を訪問している。この時の芥川に、鋭いものを廣子は感じていた。芥川に「才力の上で格闘できる女」と評された廣子との関係は、お互いに高め合うことの出来る精神性の深さにあったのではないかと思う。芥川にとって廣子は、あくまでも年上の恵まれた上流婦人であって、下町に育ち、複雑な家族関係を断ち切れなかった芥川の内面まで踏み込める人ではなかった。

あけがたの雨ふる庭を見てゐたり遠くに人の死ぬともしらず

と廣子は詠んだ。そして芥川は、廣子を「越しびと」と呼び、旋頭歌二十五首を残している。その一首。

むらぎもの　わがこころ知る人の恋しも　み雪ふる越路のひとは　わがこころ知る

のちに廣子は、『芥川龍之介全集』に携わっていた堀辰雄に芥川の「越しびと」の歌一首をぬくよう要請している。これは謎である。

廣子は大正五（一九一六）年、三十八歳のときに第一歌集『翡翠』を刊行している。

くしけづる此黒髪の一筋もわが身の物とあはれみにけり
ああ我は秋のみそらの流れ雲ただざばかりにかろくありたや
ことわりも教も知らず恐れなくおもひのままに生きて死なばや
我が恋よ珠の小箱のふた志めて後の世遠く持ちてゆかばや
女てふ迷ひの国を三十路ほどあゆみあゆみて踏みしほそみち

洋書を読み、近代的な女性である廣子も当時の歌の調べを乗り越えることは出来なかった。自己の内面に向けた歌が多い中で、こんな歌もある。

菊の影大きく映る日の縁に猫がゆめみる人になりしゆめ
花草の信濃たか原あさ行けば人の世遠くみそらのちかき

廣子は晩年になって、今までの思いを吐き出すように七十五歳で随筆集『燈火節』を刊行する。翌年の昭和二十九（一九五四）年に歌集『野に住みて』を刊行。

女ひとり老いゆく家はものよどみきたなき心地す雨か雪か降れ
人に打たれひとを打ちえぬ性《さが》もちて父がうからは滅びむとする
死ぬことを恐ろしきやうに思ひはじめ一二歩われは死に近づける

この歌集には国も廣子自身も激動の時代を生きたことが分かる歌が多い。終戦の年に、廣子は長男を亡くす。

使来てわれにいひける言葉なりかならず驚きなさいますな

そして終戦の放送を軽井沢で聞いている。

終戦を見きはむるまで生きむとぞわがいひし言のあはれなるかな
焼跡のちひさき店をのぞきみて宝石《いし》売らむとぞわれは入りたる

思い出の軽井沢で遭遇した芥川との歌も詠まれている。

影もなく白き路かな信濃なる追分のみちのわかれめに来つ
野のひろさ吾をかこめり人の世の人なることのいまは悲しも

第二歌集刊行から二年後の昭和三十二（一九五七）年、廣子は長く病床についたまま七十九歳で亡くなる。写真嫌いの廣子の写真は、たった数枚しか残っていない。

三　孤涯の人――小林　昇

小林さんと私の接点は、小林さんの母上の国が私の住まいとする佐久であることのみである。

小林さんは、大正五（一九三〇）年に京都で生まれている。小林さんは『小林昇経済学史著作集』全十一巻を著した著名な経済学者で、歌は二十歳から現在まで長きにわたって詠まれ続けてきた。その間に『越南悲歌』『シュワーベンの休暇』『百敗』と三冊の歌集を出しており、平成十八（二〇〇六）年に全歌集『歴世』を上梓した。その歌一八二九首。

小林さんは生涯、歌誌に属さず、独詠の道を選んだ。研究者、学者として、本道の確立に没頭した半生ゆえであり、歌は心の水脈を保つ器として身に寄り添って離れなかった。初期の作品「草の花」五十首が雑誌「短歌研究」に載り、当時、選者だった北原白秋の好評を得た。

夕づきてやうやく寒し山のかげしらしらとして乾く川原
部落《むら》のなき狭間を来ればいとけなく岩に腹ばひて笑ふ女童《めわらべ》
征く友の立つ直土《ひたつち》にうちかがみ包結《ゆ》ひゐしその妻思ほゆ
川にゆく路を電車にてよぎるとき夕光《ゆふかげ》敷ける土うつくしき

二十八歳のときに召集された小林さんは、ヴェトナム近くで船が魚雷で沈没し、漂流の末に救われ九死に一生を得る。この過酷な体験が、後の生きかたを陰影深いものにし、歌にも反映されてくる。その後、一兵卒として戦線を駆けめぐり、第一歌集『越南悲歌』に結実する。

伍を組みて坂を下ればわが敵を明日さへに見む海ぞ雨ふる
国離れつる古代《いにしへ》の民のこころ万苦の道を踏みゆかむとす
海路来て十日となりぬ生きの緒の道し定まり言葉減りゆく
万葉はほろびむかもとけふも侘ぶわが掌に置かむ万葉もなく
夢に立つ妻にしばし語りしは魚雷を受けし時の間のさま
われは生きて三年のちに会ひしゆゑ魂ゆれて戻りくるなり
妻とゐる夜半にをののけり左掌にまさしく銃の油匂ひつ

ヴェトナムから帰還した小林さんは、この歌集を三好達治に贈ったことで、その評価を得ている。三好は「主観主義の声調派」といい、客観主義乱用の対極にあることを評価した。また近藤芳美も「読売新聞」紙上で好意的な紹介文を書いている。しかし独詠の道を選んだ小林さんは、あえて歌壇やそれら世間の評価を自らの胸底に蔵った。その後も作歌姿勢を崩すことなく真摯な独詠者として挑み続けていく。
その後に滞欧歌集『シュワーベンの休暇』を刊行する。

人はみな疲れて終はるみづからにいのちを断つも断たざるもまた
「悲運のリスト」の末裔《すゑ》の肥えたるご婦人がわが食卓に気を配るなり

この歌はドイツの経済学者フリードリッヒ・リストを詠んだもので、リストは祖国のために苦悶した経済学者であり、この旅で小林さんは、ティロールのリストの墓に詣で、自殺した場所にも足を運んでいる。小林さんはリストの研究者として日本では第一人者であり、世界的にも評価されている。

『シュワーベンの休暇』は、西南ドイツの旅情を詠んだもので、経済学史家としての融合的所産の歌群となっている。

第三歌集『百敗』は、その後の小林さんが大学教授という職の中で、大学紛争に遭遇し、その事で生死を彷徨った過去の戦争体験から虚無と孤心の思いを深くした。それが自ずから歌にも投影されている。

主体性をいふ教授らの集りに兵たりしわれが一人まじらふ

学生の「政治」が墜ちてゆくかたを老いさりきたりわれは見てをり

ヴェトナムに永らへしより眼《まなこ》冷え寂しき人が近くなりにき

全歌集『歴世』は小林さんの魂の記録でもある。

四　琉球の女――久志富佐子

幻の作家といわれた久志富佐子（一九〇三―一九八六）を知る人は少ない。その彼女を一躍有名にしたある事件があった。それは昭和七（一九三二）年「婦人公論」六月号に掲載された富佐子の小説「滅びゆく琉球女の手記」一回目の波紋だった。わずか数ページのこの小説が沖縄を貶めたという理由で沖縄の学生会、県人会の批判を浴び、次号の七月号に彼女自身の「釈明文」が載って、小説は中断という、当時としてはセンセーショナルな出来事であった。

彼女はこの事件で筆を折り、幻の作家となった。しかし奇しくも彼女を有名にしたのは、その「釈明文」にあった。当時、沖縄が抱える種々の問題をこの釈明文は含んでいて、社会的にも注目される進展をみせたのである。それは当時の女性が書くものとしては理路整然としたもので、釈明というより精神的に自立した一女性の主張を見事に表現したことで注目を集めることになった。そして、それを書くまでの彼女の文学的な出発点が短歌だった。

淋しくもまたたく星を見つむれば星と我のみ生ける心地す

大正八（一九一九）年のこの歌は、彼女が十三歳の県立第一高女の四年の時に「女学世界」十一月号に投稿したものである。「和歌欄」で三等になっている。この時のペンネームは「沖縄　鈴木優美」で、ペンネームをしばしば変えて投稿している。

何となく幸ある如き心地して秋晴れの日を一人ほほゑむ

大正九（一九二〇）年おなじ「女学世界」二月号にペンネームを変えて投稿し入選している。この年に彼女は代用教員として小学校に赴任している。

いつになく嬉しき日かもいささかのそよ風にさへ心をどりて

次の年も「沖縄　久志芙沙子」のペンネームで投稿し三等になっている。そして翌年の十九歳の時、同じペンネームで投稿し、やはり三等になった歌がある。

つと出でし小路に白し淡月の今宵冷たき光なるかも

この年に結婚し翌年、長男を出産するがその子は病で早世する。

めくるめく真白を浴びつつ我が干せるシーツの白さ目に痛きかも

この歌は、その頃の作品といわれている。二十一歳の時、夫とともに台北に移っていたので「台北　久志芙沙子」のペンネームで「女学世界」に投稿し入選している。その作品。

嫁ぎ来て冷たきものに触れしごと心おびゆる日もありしかな

嫁いでからの彼女の生活は決して安定したものではなく、昭和大恐慌のあおりで夫の失職やら商売の不振などがあり、自身も自殺未遂を起こし、結局、夫とは作家になるためという理由で離婚することになる。事件の前年には「婦人公論」の入選実話として年下の医学生と暮らす自らの生活を書き発表している。事件後、その医学生と結婚し、医師の妻として作家の道を絶つ。前夫と離婚してまで作家を志した彼女が事件を切っ掛けに宗教に没頭していくのは彼女が辿った心の軌跡に起因しているかもしれない。

「何の為に何の目的で、人間は生まれ悩み働き苦しみ、そして泡沫のような一生を終わるのか?」

生きている違和感を人一倍強く持った彼女はこう書いた。そんな彼女が作家としての道を絶たれた無念は深かっただろう。沖縄の女でもある彼女の書きたかった小説を中断されてしまい、読者の一人として残念でならない。

「文化に毒されない琉球の人間がどんなに純情であるか」

そのことを書きたかったと彼女は釈明文の中でも書いている。

私が久志富佐子のことを知ったのは、平成十八年九月、イタリアのヴェネツィア大学の国際沖縄学会で早稲田大学の勝又教授が発表した「沖縄女性における〈近代〉受容」だった。発表が終わった教授に資料をお借りしたいと言ったら、快くその場で全ての資料を下さった。そんな出会いがあった。

歌から始まった彼女の文学的営為は中断したとはいえ、今でも我々に多くの問題を投げかけてくる。

五　不知火の人――石牟礼道子

作家、石牟礼道子の代表作『苦海浄土』が出版されてから半世紀余が経っている。平成十六（二〇〇四）年に東京で彼女が朗読する新作能「不知火」を聞いた。公害問題の原点ともいうべき作品に衝撃を受けていたので、彼女の朗読に怨念の飛沫を浴びているような気がしていた。その彼女が若い頃から親しんだのが短歌だった。

昭和二（一九二七）年、天草に生まれ、すぐに水俣に移り住んだことで、生涯をかけて水俣病との関わりが出来たことは運命としか言いようがない。歌作を始めたのは十三歳と早かった。

　おどおどと物いはぬ人達が目を離さぬ自殺未遂のわたしを囲んで

彼女の人生は幕開けから波瀾に満ちていた。坊さまが言う「この世にあるが地獄」を自ら体験し、乗り越えたところに拡がっていた世界に鬱屈した思いを吐き出さずにはいられなかった。それが歌であった。

ときにふと心澄ませばわが胸に燃ゆる火ありて浄き音立つ

人並みに女の幸せを得て結婚し、道生という我が子も生まれたものの、歌や文学への思いを捨て切れず、煩悶の生活を続けざるをえない彼女の姿があった。

坂を下る道生のあとをころころと山の小石がついて下るも

歌話会に行きたきばかり家事万端心がけてなほ釈然とせず

両極をゆかねばやまぬ女なり困つた性よと夫いひたまふ

それでも歌わずにはいられない彼女の心の叫びが、歌にも表れてくる。

歌を詠む妻をめとれる夫の瞳に途惑ひ見ゆれわれやめがたし

そんな中で、毎日新聞の「熊本歌壇」に投稿を続け、熊本の歌誌「南風」に入会して、ますます歌への情熱は増していく。しかし、実生活と自ら求める道とは明らかに隔絶していた。平凡な主婦の顔を装いつつ彼女の内奥に巣くう心の飢餓は払うべくもなかった。

玉葱の皮なんぞむき泣いてゐたそのまに失つた言葉のいくつ

夫婦の愛に方程式はないと自らに言い聞かせつつも生活の違和感はぬぐいようもない。苦悩は歌にも表れてくる。

人間のゐない所へ飛んでゆきさうな不安にじつと対き合つてゐる
夜ふかき鉄筋の橋にすがり凭るゆく先もなきわが身とおもふ

過去に体験した死への誘惑。この世の地獄を背負った業を抱えながらも、細い糸につながれた歌への執着は捨てきれなかった。

祖母の発狂、酒乱の父、弟の不慮の死、それら家族の赤裸々な姿をみつめる中で、彼女に見えてきた現し世の過酷な生。後に水俣病で、のたうちまわる人々の苦しみに立ち会うことができたのも、そんな彼女だからこそであろう。苦しみを自然のままに受け入れる、純なまでの崇高な魂をもった底辺に生きるそれらの人の語りべとして、歌から言霊の世界へ羽を広げていった。

それでも昭和二十八（一九五三）年より三十年まで熊本の歌誌「南風」に盛んに出詠し、昭和三十一年の第四回「短歌研究」五十首詠に「変身の刻」で入選する。その間に詩、小説を発表し、水俣病患者との関係を深めていく。谷川雁とも交流ができ、行動をともにするようになる。

反らしたるてのひら仏像に似つ前の世より来しわがふかき飢餓

『苦海浄土』が出版されたのが昭和四十四（一九六九）年、それ以後、水俣病患者とともに行動の人となる。全ての受賞を辞退し、底辺で苦しむ人々に寄り添うことで、さらに鋭敏な感性を磨いていく。

新作能「不知火」に現在の思いを託して語る。

「――いとしみ育てたる海霊《うなたま》たちの世界なりしに、人間の業罪累《かさ》なつて毒変す――」

彼女の闘いは終わってはいない。短歌から言霊を獲得した彼女は永遠に語り部として生き続けるだろう。この世に公害で苦しむ人が居なくなるまで。

平成三十年、「この世にあるが地獄」でない世界へ旅立っていった。

六　博士の面影──河上　肇

パリで島崎藤村は、河上肇や、「アララギ」の歌人でもあった理論物理学者の石原純らと会い、いろいろ生活上の面倒を見ていた。彼らは下宿の一室に寄り合い、分野の違う者同士が議論を闘わせていた。それは後に、日華事変から始まる太平洋戦争突入前の夢のような時期だった。

マルクス、レーニン主義を信念とする河上にとって帝国主義に向かう日本においては不遇の時代だった。非合法活動により京都大学を追われ、投獄された河上は、獄中日記をつづり、昭和十（一九三五）年から出獄後の敗戦を経た二十一（一九四六）年までの激動の時代を書き残した。そこには詩歌、漢詩も加えられ、文学的香りをも放っている。

河上肇は、経済学者で有名だが、『貧乏物語』などの名著をものにするなど文学的才能にも恵まれた人だった。私は河上肇の研究会「東京河上会」に時々お邪魔し、勉強させて頂いているが、その都度、顔の違う広範な文化人としての河上に魅力を感じてきた。その中でも歌は、飾りのない河上らしい真直さがあって注目していた。河上短歌は、子規や左千夫のどちらかというとアララギ風を好んだが、散文臭を脱せざると自ら納得して作歌していたところがあって、それが独特な歌境を得ていたとも言えるだろう。

昭和十（一九三五）年三月、河上は独房にて、腰折れを得たと一首したためている。

一年《ひととせ》は夢と過ぎ去り今はまた荒川つつみ草萌えんとす

その秋には仮釈放の望みが消え、少々落胆の思いのなかで九月に詠んだ歌。

寂しきは雨に暮れゆく監房にひとりゐてまづき飯を食ふとき
秋深し母の待ち暮すふるさとの川辺の柿の葉落ち尽しけむ

よく面会に来る妻は、河上にとって外界の空気を運ぶ魂の活性剤でもあった。その妻、秀の夢をみて詠んだ歌がある。

声あげて妻を呼ばむと眼さむれば牢にありにき腹痛みつつ

河上は獄中の生活で、出所後の自らの処し方を短文で記している。その中で河上は、「マルクス主義者としての私の闘争的生涯を閉じる……」とし社会のどこかの隅で、静かに余生を送りたいと希い次の歌をしたためている。

ながらへてまた帰らむと思ひきやいのちをかけし旅にさすらひ
今は早や野越え山越え川越えてつひのやどりに夢や越えなむ

まだ獄中にある身でありながら河上は、非転向のまま書くべきことを胸に秘めて、もくもくと残刑の日数を日記に刻んでいた。

よろこべよ子等父帰り来ぬ老いたれど魂はなほすこやかにもち

待ちに待った刑が終わる昭和十二（一九三七）年六月十四日、「河上肇万歳！」と、その喜びと共に書き記す。

旅の塵はらひもあへぬ我ながらまた新たなる旅に立つかな

自由の身になった河上は、その心境を詠み、また束の間の家族との触れ合いをたのしむように、こんな歌を残している。

わが外にひまじんは世にあらじとぞ昼湯にひたるわれひとりして
たちて行く孫に分かれ子に分かれ跡のさびしさ持て余ましをり

昭和十三（一九三八）年、一切何もしないと宣言したにもかかわらず、河上の心は何となく落ちつかない。古本屋めぐりなどして『万葉秀歌』など幾つかの本を買いもとめ、その中にあった「一切の非凡人は一定の使命をもつてゐて、それを果たすのがその天職である」に感銘をうけたりしている。

何事にも執着をもった河上らしい食べ物の歌も多い。そして終戦。

死ぬる日と饅頭らくに買へる日と二ついづれか先きに来るらむ
あなうれしとにもかくにも生きのびて戦やめるけふの日にあふ

死の一週間前まで日記を書いた河上は、理論、真理の追求だけでなく、稀な理想主義者として輝く。

七　歌あらば——二人の死刑囚

人を殺める行為は、たとえどんな理由であれ許されるものではない。極刑もやむをえない。ここにあげる二人の死刑囚は、不幸な生い立ちに因があるとしても、人の命を奪ったゆえに死刑となり、一人は死刑を待つ身となった。その二人が偶然とはいえ短歌を知り、獄の中で生命の限りを意識しながら、歌を詠みつづけ、その歌が人々の注目を集めて一冊の歌集として編まれたという事実は重い。

島秋人は昭和四十二（一九六七）年、三十三歳ですでに死刑を執行されたが、死刑判決後、獄中で、恩師の縁から短歌を知り、「毎日歌壇」「まひる野」に投稿するようになる。のちに、撰者である窪田空穂を師と仰ぎ、その交流を深めていく。処刑後、歌集『遺愛集』（東京美術）が出される。この六四〇首は、死の恐怖と闘いながら、罪の深さにおののく自らを赤裸々に詠んだもので、霧のような漠とした孤独の中で、命ある人間として目覚め、その過程で詠まれた歌群である。

さりげなく死刑の確定告げしのち和みて所長は歌のことなど語る

被害者に詫びる手紙を書きたれど今日も出しえずおろか死刑囚
さかさまに貼られし切手眼に沁みて父の老い知るわれは死刑囚

空穂は、秋人の短歌に心を動かし、その歌作を「誰の胸にも直ちにひびき得る物である」と評価している。

その空穂が、秋人のことを、こう詠んでいる。

団栗《どんぐり》をころがしてころび行く先を見守る秋人《あきと》死なねばならぬ
『去年の雪』

秋人の歌を認め、人間として励ましつづけてくれた父とも慕った空穂の死を、秋人は激しく嘆く。秋人は空穂をこう詠んだ。

天《あめ》も地も総《な》べて哀しめ生涯の師父と慕いいし空穂召されし

秋人、処刑前日の歌。

詫ぶべしとさびしさ迫るこのいのち詫ぶべきものの心に向くる

もう一人は、平成十七（二〇〇五）年に死刑確定囚となった岡下香。この岡下が犯した罪を、こう言う。「本当の償いは、自らの生命を差し出した時に叶うのだ」（岡下は平成二十（二〇〇八）年春、死刑執行となる）。

明日がいつ絶ち切られるか分からない死刑囚の身で知った生の重み。それは、自らが奪った命への償いを生きることでもあった。岡下は、それを短歌を詠むことで知った。

私の所に送られてきた岡下の歌集『終わりの始まり』（未来山脈社、光本恵子編）を読むと、あとがきにこう書かれてあった。

「過ちを犯した死刑囚の身をさらすことによって反面教師として役立てば嬉しい」

口語自由律短歌の光本恵子を師とし、その光本が岡下の歌を「その短歌は、生死のきわみの中で詠まれたものである」と評している。その岡下の歌。

未来への旅立ちのベルが鳴る　鳴りやまぬうちはまだ何かが出来る
涙で消えない罪だから太陽の光で清めたい　でも太陽が拝めない
不思議だ過ちを悔いた数だけみえなかった周りがどんどん見えてくる
生まれ変わるなら動かぬ山になりたい　動植物が自由に遊べるほどの

もし罪を犯す前に、歌の世界を識っていたら、不幸も未然に防げたかもしれぬという幻想を私はもつ。人の情動をあやつる器としての歌の関わりの中から、他者への思いも感得できたのではないか。二人の歌から、そんな思いの翼を広げたくなる。「歌あらば」救えたかもしれない命。「歌あらば」命を断ち切られる事もなかったかもしれない彼ら。せめてもの救いを、彼らが詠んだ歌に求めるしかない。

歌詠みて悟《し》り得し今の愛《かな》しさは死刑あらねば知らざりし幸　秋人
この澄めるこころ在るとは識らず来て刑死の明日に迫る夜温《ぬ》くし　同

八　剣に代ふる――尾崎咢堂

人はみな戦の庭にきほふ世に筆を剣に代ふる人われ

大正六（一九一七）年、咢堂はこう詠んだ。自由主義者としての政治家、尾崎行雄（咢堂）は「憲政の神様」と称され、幾たびかの国難に身を張って立ち向かい、国のためにその一生を捧げたと言っていい。

その咢堂が、若い頃より歌に親しみ、死の年まで歌を作りつづけていたことは余り知られていない。

歌は、佐佐木信綱はじめ、与謝野寛、晶子らに師事し、多くの歌を作った。その歌は国を思う咢堂の一念がどこかに揺曳していて、自ずからその一生を垣間見ることができる。

私は、咢堂の娘である相馬雪香さんに何度かお会いしているので、歌との関わりで、娘からみた咢堂のことをお聞きしたことがあった。父である咢堂のことは謙虚に、師の晶子のことは「立派な方でしたよ」と話された。軽井沢には今でも莫哀山荘と名づけられた別荘が残されており、咢堂が居たことを偲ばせている。

それでは咢堂の大正期の歌をあげてみる。

我れ逝かば誰か護らむ憲法《のり》の道老ゆとも逝かじ人続くまで
国のため行くべき道の一と筋を面《おもて》もふらず我れ進みゆく
悟らざる民を諭すのかひなさは河原の石に道説くごとし
我庭をわが掃く如く人の世を掃ひ清めん術もあれかし

師として親しみを寄せた晶子への歌。

益良夫も遠く及ばじ国の為世の為運ぶ水茎の跡

そして普通選挙案が国会を通過した日。

年長く吹きつる笛の甲斐ありて今日うれしくも踊る若人

また女性たちに。

国民の半ばを占むる女らの人となるべき道を我説く

国のためと思うことで命を狙われる厳しい時代に、咢堂はひるむことはなかった。

我れ生れ始て誇る心あり白刃の前に微笑みて居ぬ

そんな中で乗馬が趣味であった咢堂は、高原で娘らと山に入るのが息抜きだったかもしれない。

露ふるや高原十里海のごとはてしも知らず我駒走る
人の世も嬉しかりけり青葉蔭手綱緩めて歌思ふ時

昭和に入った年に、咢堂は七十歳に近かった。それでも国会での活躍は衰えず、辞世の歌を懐におさめて大演説するなど意気軒昂だった。また日独伊三国同盟締結に反対し、己の意志を貫き通した。政治が大きく変動する中で、波乱の後半生を国を救うことで、死をも恐れず忙しく動き廻っていた。
その昭和時代の歌。

夏の夜も夢成り難し身を恨み国を憂へて心冴えつつ
いくさ人　恣《ほしいまま》なりひんがしの御国のひかり曇る日のきぬ
たのむべき国の柱の少なきに親しき友の又も殺さる

咢堂の後の妻テオドラ（日本名英子）は、咢堂と英国外遊中、病をえて亡くなる。

日の本に帰ると云ふを最後にて命絶えたる妻の悲しさ
形だにあらばまぎれんわが妻を灰とせし夜の堪へがたきかな

そんな哀しみの咢堂に世間の風は冷たかった。

妻の骨《ほね》守りて帰れば何事ぞ御国の土を踏ませじと云ふ
刺されつと聞かば喜べ我も亦いみじき人の群に入りぬと

咢堂の抵抗にも拘わらず国は戦争へと突き進み、そして終戦。

昨日まで我を罵り嘲りし人けふは来て我ををろがむ
はしたなき命なれども捧げなむ百年までは国救ふため

こう詠んだ咢堂は、初めての東京都名誉都民となった昭和二十九（一九五四）年に、百歳をまたずして九十七歳の波乱の生涯を閉じた。

九　歌の孤立者――大熊信行

その生涯と、生き方が非常にユニークだった経済学者、大熊信行が十五、六歳から熱心に歌に傾倒していたことを知る人は少ない。

父のなき子を見よと／いはれたくなしと泣きつ叱りし母の／うすきまゆ。

啄木の三行歌に影響をうけ、若き日の大熊は熱心に作歌し、発表するようになる。女手ひとつで育てられた大熊の心を捉えていたのは、常に母の姿だった。

見れば／母の後れ毛のすこし寂しかり／炬燵にありてわが羽織ぬふ。

後に斎藤茂吉、土岐哀果（善麿）、土屋文明などとの交流を通じて歌に情熱を燃やすようになるが、持ち前の開拓心からか、小説家を志すことになる。その後に文学よりも経済学に心もちが移っていったのは、大熊が常に持ちつづけた生きることへの違和感、そこから生じる焦燥感ではなかったか。大熊は、常に原点に立ち戻り、そこから新たに道を模索するという遠く困難な方法を選んだ。あえて、そのような道を進んだところに大熊の真髄があったと思われる。それは多くの歌論にも残されている。短歌に対する大熊の並々ならぬ情熱の結晶でもあった。

そんな元気、活発な若き日の大熊を母は冷静に見ていた。大正二（一九一三）年、大熊は二十歳になっていた。

「人を人とも思はぬやうな、かたむきの性を、そなたは持てり」とや母。

福田徳三の研究室に入り、本格的に学者としての道を選んだ大熊が、福田ゼミの集いで福田一家とともに軽井沢で一夏を過ごした時に詠んだ歌と当時の歌。

その途次の駅駅、見えつかくれつに、夏の浅間は、やさしくありけり。
かなしきは、発作のごとく、にはかなる願なりけり、本が買ひたし。
働かずは、ただ一日もをれぬてふ、母のすがたを、幾日みまもる。
啄木はさきに死にたれさきに死に何かまうけてしまへる如し。

紆余曲折を経て、短歌に戻った大熊は、矢代東村のすすめもあって「日光」同人となり、自らも歌誌「香圓」を創刊する。歌だけでなく歌論を多く書き短歌革新など、その独自な持論を展開する。

大正十二（一九二三）年、病のために米沢に帰った大熊は定型口語歌、二百首を作った。


二度までも手が触れたのに、それなのに、どうしてそれを握れなかつた！

そのあとも黙つて並んだ室の中、もう海のよな深さであつた。

ゆき違へばなにかキャッと笑ひ出す、ああいふところ、をんなはいゝな。

死んでから一億年を追憶につひやしたとて尽きぬおもひで。


大熊の歌集は、四十四歳のときに、第一歌集『まるめら』として出される。四十歳前後は、大熊の円熟期で、活発な歌論を発表するが、経済学者としての「時間配分論」をふまえて『文学のための経済学』など論法の鋭さが増してくる。

昭和八（一九三三）年には「和歌問題の発展」などを発表し、「われわれは日本歌壇の孤立者である」と言う。

大熊と親交があった同じ経済学者の板垣與一さんと、私は親しかったが、二人は対照的な学者だった。型破りとも言える大熊の行動を、板垣さんは温かく見守っているという印象をうけた。

経済から文学まで、広く評論活動をし、大学で教授としての顔をもつ大熊も、七十歳を過ぎると、自らの老いと向き合わざるをえない。

老いてなほ死ねぬといふことのつらさなど若者たちは夢にも知らず

八十一歳のとき、歌の同志ともいう結城哀草果が逝き、その思いは深まる。

同年を生きてすこやかと思ひしに君はやいくかわれもすぐゆく

昭和五十二（一九七七）年、米沢に帰省中の大熊は、そのまま故郷で亡くなる。死後二年を経て全歌集『母の手』が出る。母に対する思いが、このタイトルを選ばせたのだろう。明治、大正、昭和を生きた自由磊落な学者歌人は、

そこまでは／よしといひながら／そのさきは／ならぬといふぞ／その先を往け

と歌う。

十　白斧の人――高村光太郎

彫刻家、高村光雲の息子として誕生した光太郎は彫刻家、詩人として、その名を知られるようになる。

その光太郎が学生時代より生涯を通じて短歌を作り続けたことに興味を抱いた。

短歌との最初の出会いは、服部躬治に添削指導を受け、後に与謝野鉄幹の新詩社に入り、「明星」廃刊まで短歌、詩などを発表し続ける。

光太郎にとって短歌は精神の高雅さを保ち続ける瑞々しい器であったろう。ゆえに生涯、手放すことはなかった。

刻むべき利器か死ぬべき凶器《まがもの》か斧の白刃《しらは》に涙ながれぬ

昭和二十二（一九四七）年、六十五歳で出した歌集の名が『白斧』だった。

その中の「智恵子抄」の智恵子を詠んだ歌。

気ちがひといふおどろしき言葉もて人は智恵子をよばむとすなり
いちめんに松の花粉は濱をとび智恵子尾長のともがらとなる
わが為事いのちかたむけて成るきはを智恵子は知りき知りていたみき

美術学校を卒業した光太郎は、ロダンの作品を写真でみて、大いなる刺激を受ける。そんな二十代に詠んだ歌。

桜ちり木蘭おちて春は往《い》ぬ往ね往ね夏よ魂よみがへせ
少女とはなべてうつくし鴿《はと》に似て君が眼に似て厭《い》む由もなき
山の牛われを慕ひてよるごとく君をしたふをにくしみますな

二十四歳から二十七歳までニューヨーク、パリ、ロンドンにいた光太郎は、海外での収穫をもとに、彫刻の他に短歌、評論、翻訳、詩など広範な活動を開始するが、世間との関係から芸術家として苦悩も抱えることになる。そんな中で長沼智恵子を知り、大正三（一九一四）年に智恵子と結婚する。

その間の歌。

仏蘭西の髭の生えたる女をもあしく思はずこの国みれば
爪きれば指にふき入る秋風のいと堪へがたし朝のおばしま
小刀《こがたな》をみな研ぎをはり夕闇のうごめくかげに蟬彫るわれは
ひとむきにむしやぶりつきて為事《しごと》するわれをさびしと思ふな智恵子
誰もみな寂しい顔をしてゐるぞ深尾須磨子のわんぱくさへも
日本はまことにまことに狭くるし野にねそべればひろきが如きに
よからずや垣根にちさき名なし草世にさびしきも花の色なり

智恵子は、実家の破産あたりから精神分裂のきざしが現れ、昭和七（一九三二）年に自殺未遂をおこす。その後の智恵子の症状は、悪化の一途をたどっていく。智恵子が多くの紙絵を残して昭和十三（一九三八）年に亡くなるまで光太郎は芸術的には休眠状態で過ごす。三年後の昭和十六（一九四一）年、詩集『智恵子抄』を刊行。それは太平洋戦争に突入する時でもあった。

アトリエを空襲により失ったことで、岩手県花巻町に疎開し、終戦後も花巻の小屋に住んで自給生活を自らに課す。この生活は七年に及び、それが『暗愚小伝』という詩として発表される。

高きものいやしきをうつあめつちの神いくさなり勝たざらめやも

戦争中は国に協力的であった光太郎も身を処して田舎暮らしの中で己を見つめつつ、

みちのくの花巻町に人ありき賢治を生みきわれを招きき

と詠む。

十和田湖に泛びてわれの言葉なし晶子きたりて百首うた詠め

いたづらに世にながらへて何かせむこの詩ひとつに如かずわが歌

世間一般の名誉を拒否し、十和田湖の裸婦像制作や詩集の刊行に専念する。昭和二十七（一九五二）年、七十歳になって東京に帰るが、病はかなり進んでいた。昭和三十一（一九五六）年に肺結核で七十四歳の生涯を終える。

いきどほり世にみちたればわたくしのなげかひごころみにくくし見ゆ

十一　涙の歌人――堀口大学

堀口大学は明治二十五（一八九二）年生まれ。東京帝大の前に家があったことで大学と名付けられた。大正八（一九一九）年に第一歌集『パンの笛』（籾山書店）を出版する。詩人、大学の出発は短歌だった。十七歳で与謝野鉄幹、晶子の「新詩社」に入門する。「新詩社」に初めて詠草を発表したのは十八歳の時だった。そこには、母を三歳の幼い頃に亡くしまた育ててくれた祖母を思春期に失ったことで、歌にその思いを託した感傷的な青年の姿があった。

薄白きわが半生のかなしみの後《うしろ》に去らぬ亡き母の顔

（「スバル」明治四十二年九月号）

十九歳で、外交官である父の任地メキシコに発ち、以後、父の転任に伴ってベルギー、スペイン、ブラジル、ルーマニアに移り住む。その間、病によりスイスなどで度々療養を余儀なくされる。

スペインのマドリッドでは亡命中のフランス女流画家マリー・ローランサンと知り合い、パリジェンヌ、ローランサンを通してフランスの詩に傾倒していく。ローランサンの恋人だった詩人アポリネールにも関心をもつ。

大学の第一歌集の序で、与謝野晶子は「この君は微笑むときも涙しぬ青春の日の豊かなるため」と大学を詠んだ。

その『パンの笛』の歌をあげてみる。

パンの笛秋の夕日にあかあかと吹きてわが行く歌の国かな
何と云ふ夢《ゆめ》まぼろしのもの思ひする身と何時《いつ》かなりにけんわれ
悄然と父嘆ずらく「たそがれを愛づるに過ぐる長男をもつ」
恋はよしかくもかなしく美くしきものの哀《あはれ》をわれに知らする
わが指の白きを見れば先《ま》づ泣かる無頼児としてすでに生れぬ

詩を発表しながらも歌を忘れることが出来なかった大学は、『パンの笛』の後の十年の間に詠んだ歌を『男ごころ』（昭和四年）にまとめる。

作歌の態度を〝お道楽〟と言いつつも歌の形式に寄らざるをえない切なる感情をも吐露している。

わが短歌左道下道のきはみなり口すさむときみづからも泣く
わが歌のひびきもつともせつなきは汝《な》にかかはると知るに慰め
棘ありて花なき薔薇《ばら》と世を思ふこのひがごとも一人《いちにん》のため

師鉄幹の死に、大学は慟哭し、『涙の念珠』として歌集をまとめている。

御弟子われ二十五年の大恩を多磨のいまはのたまゆらに知る

のちに大学は、人生の節目の歌をまとめて『場合の歌』として発表する。

さびしやと四十路男の泣く時は地の地震《なゐ》ふると同じ思ひぞ
さびしやとわれの歎くをかたはらに聴く人あらぬさびしさかこれ

昭和二十（一九四五）年、終戦の年に、大学はこう歌う。

あしきもの勝ちなばいよよはびこらんかく思ふとき少しなぐさむ

昭和十四（一九三九）年、四十九歳で、二十八歳年下の女性と結婚し、疎開により静岡に移っていた。

この頃の大学は、大正八（一九一九）年、二十七歳の時に詩に魅せられて第一詩集『月光とピエロ』を出版してから次ぎ次ぎと詩集を世に問い、詩人としての地位を確立していた。

病のため外交官を断念した大学であったが、若き日の外国暮らしから文学へ目覚め、その道を真っ直ぐ歩むことができたことは幸せな境涯であったと言えよう。

大学を高く評価した親友の佐藤春夫は、大学への挽歌をこう詠んだ。


行きて待てシャム兄弟の片われはしばしこの世の業はたし行く

若き日の思い出の多くを持つ異国へ、大学は死ぬまで行こうとしなかった。夢を胸底に蔵ったまま。

門がまへゆかしき奥にひそみ咲くそのししむらの花の恋しき

十二　夢のうたびと——福永武彦

玩草亭と名付けられた福永の信濃追分の山荘に、時々お邪魔したことがあった。夫人の貞子さんと、ちょっとした会をしていて訪れたのだが、福永はすでに亡くなっていて面影だけが山荘に漂っていた。その一つが色紙に書かれた福永の歌だった。壁に飾られた歌のいくつかを、その時は何気なく見ていただけで、歌と福永が結びつかなかった。『草の花』や『廃市』などの小説家のイメージが強かったせいかもしれない。その後、加藤周一、中村真一郎や堀辰雄夫人の多恵子さんらに福永のことを私生活を含め聞いていたので会ったことがないのに近しい気がしていた。

福永は大正七（一九一八）年、福岡県に生まれ、後に詩人、小説家として活躍する。生涯、病と闘ったが昭和五十四（一九七九）年に信州佐久の病院で亡くなっている。六十一歳だった。

死の二年前に、歌句集『夢百首　雑百首』（中央公論社）を刊行している。「夢百首」の序に、昭和四十九（一九七四）年九月頃、信濃追分の山荘で一首を得てから、夢百首の構想が浮かんだからだと述べている。歌は素人と言いながら、前衛短歌は苦手なので、伝統の枠を守り、おのずから流露するものを尊しとして詠んだと書き残している。

その冒頭の歌。

　吾ひとり高殿にありて地の果ての風に吹かるる夢を見たりき

「夢百首」としたので、夢にこだわって夢に因んだものを詠もうとすると行きづまってしまったと福永は言う。その夢の歌で、「夢の山」という章からの歌。

　怪異なる山彼方に見ゆあれが浅間山かと友は訊きたり
　彼方なる山は書割に非ざるや梅原の画きし絵にも似たるか

貞子夫人が、福永を「病の大家」というように肺結核、胃潰瘍、その他の病で療養、入院を生涯繰り返す。そんな中での歌。

　みすずかる信濃路佐久のはたごにて霜おく朝にひとり目覚めぬ
　病院の待合室に待ち侘びてさまざまの音を聞き分けてをり
　病院の屋上にありて見はるかすものことごとく悲しかりける
　胃を病むは漱石に似し証拠なりと老いたる父に慰められつ

信濃は福永の歌ごころを刺激するものとみえて、歌のほとんどは信濃を題材に詠んでいる。

ひたぶるに町を吹き行く風の音しなのの冬はきびしかるべし
千曲川しぶく浅瀬に沫《あわ》涌きてたぎつを見れば身に沁みにけり
透きとほる夕べの空は凍雲《いてぐも》を貼りつかせたり山なみの上に

昭和四十三（一九六八）年、新保千代子の案内で、福永は中野重治、伊藤信吉のお伴で金沢に行く。そこで三人を詠んだ小説家らしい福永の歌。

醫王山は醫王山《セン》には非ずやと中野重治はたしなめにけり
金沢びとは濁りて読みて醫王山《ゼン》と新保千代子は敢て譲らず
さに非ずそれはやつぱり醫王山《サン》伊藤信吉はにこやかに言ふ

金沢出身の室生犀星は、福永はじめ、堀辰雄、立原道造、津村信夫ら若い作家を可愛がっていた。福永は軽井沢の犀星の別荘に、中村真一郎らと時々訪れていた。苔庭をもつ金沢式和風別荘で今でも保存されている。ここに作家たちが集った。

犀星が骨を埋めしふるさとの野田山墓地は雪ふかくして哀れ

同じ軽井沢の追分に別荘をもつ堀辰雄を先に逝かせている福永は、自らもまた作家として病と向き合わなければならなかった。

咳すれば天蓋闇夜の胸うちに病ひの狗の吠えのさびしみ
咳すれば暗き伽藍にとよもせる音は五体にひびかひやまず

福永は死の二年前に病床で洗礼を受けている。

世のことはなべて徒労と知りぬれど悔しむことのなほ多くして

追分の野の花を愛し『玩草亭百花譜』も残した。

十三　政塵の人——井出一太郎

政治家で歌人という人は少ないかもしれない。そんな中で、地方の名士で、酒造家の跡取りでもあり、郵政大臣、農林大臣をつとめ、三木内閣のときは官房長官に就任している人がいる。四十年という長期にわたり衆議院議員として国政に携わり、その中で八冊余の歌集を世に出している井出一太郎である。そんな井出は、政治家の中でも特異な存在だった。清廉潔白な人柄と誠実さで、支持を得ていた。

四十年の歩みは短かからなくに報いる事の未だ足らざる

と詠み、昭和六十一（一九八六）年、惜しまれつつ政界を去る。眼病から失明の危機が迫っていた。任を辞したら充分に読書をしたいという井出にとって過酷な運命だった。

失明の定めを負ひてひとりゆく暗くさびしき道はあるべし

しかし、その苦難をおして、地域の人々と交流し「井出学校」と呼ばれる場で、自らの体験や政治にまつわる話を続けていた。ラジオを聞き、常に政情には関心をもち若い人と議論をたたかわせていた。

日記をつけられなくなった夫に春江夫人は、歌を作ったらと言うと「歌は作るものではなく、できるものだ」と井出は答えたという。

井出は、昭和十五（一九四〇）年から吉植庄亮に師事し、「橄欖《かんらん》」の同人でもあった。戦前の若い頃の井出は、昭和恐慌で傾いた家業の再建のために大学進学をあきらめ、酒造りに邁進せざるをえなかった。江戸時代から続く旧家の長男としての任は重かった。

この家の古き梁《うつばり》まもり継ぎ幾世か経つるわれも倣はむ

「酒造りは生きもの」と酒の出来ばえに多大の関心をもった。酒に深く関わったことで「酒の歌百首」も詠んでいる。

夜をこめて酒の酵母のいとなめる香《かんば》しさ満つ蔵を見廻る
人に媚びず世におもねらず振るまふと昔ながらの辛き酒つくる

白玉の佐久の米かも農薬のなきを選みて醸《か》みしこの酒

処女歌集は『石仏』で、昭和三十一（一九五六）年には『政塵抄』を出版している。終戦から三十一年までの激動の時代、政治家としての忸怩たる思いと責任を身に課して詠み、多忙な日々を送った歳月でもあった。

敗れたる国のまほらに新しきおきてをつくる責のゆゆしさ
かたはらに政治の無為と貧困をののしれるありききて肯ふ

時に歌壇は、第二芸術論に揺れている時代だった。
その後、昭和四十一（一九六六）年に『政餘集』が出版される。この間、安保改定問題など国政の混乱はつづく。井出は出版にあたり、身辺の忽忙に埋没し、歌の勉強をせず、歌壇の動向、潮流は意識外のことで、歌はあくまでも自己との対話だと言っている。

やり直しきかざる一本勝負にて政治といふはおそろしきもの
選挙区の利害を超えて国益をもはらに言へば人の離るる
ことごとく産を亡くさばいま少しましな政治家にならむとぬかす

宰相に噂ある人とともに居て気にかかりしは耳朶の貧しさ
新聞の来ざる一日のやすけさは遂はるることの休むに似たり
現し身を嗜虐のむちにさいなみて二十日余りの選挙戦をはる

高度成長期に入った日本にあって井出は、冷静に政界をみていた。

泰平は政治をあるかなきがごと意識の外にあらしめむとす
あらかじめ知り尽くし居て問ひただすそらぞらしさになほ堪ふべしや

信州佐久に生まれ、ふるさとと家族をこよなく愛した井出は、地方の文化振興にも力を尽くした。

旅人も手折らず過ぎぬ信濃なる佐久の丘辺に咲きつぎし花

十四　科学者の憂い――湯川秀樹

まがつびよふたたびここにくるなかれ平和をいのる人のみぞここは　湯川秀樹

広島の平和の像の台座に刻まれた歌。湯川は、核兵器と戦争を憂い、核廃絶を願って生涯を送った科学者だった。

明治四十（一九〇七）年、東京に生まれるが、後に京都に長く住むことになる。京都大学を卒業したのち物理学の学者としての道を歩みはじめる。

昭和二十四（一九四九）年、中間子論で、日本初のノーベル物理学賞を受け、理論物理学の世界的権威として世界中で活躍することになる。しかし人類を平和に導かない科学の発達を憂い、科学者の責務として世界連邦構想の活動もはじめていく。

また湯川が生涯手放さなかったものに歌があった。誰に習ったわけでもないと言う短歌は、若い頃から作り始め「短歌は私のささやかな趣味の一つである」と書く（「短歌に求めるもの」昭和二十二年）。しかし、歌には並々ならぬ思い入れもあったのか、短歌に関するものでは「和歌について」「啄木の歌」などの文章も発表している。その啄木の歌「いのちなき砂のかなしさよさらさらと握れば指のあひだより落つ」を好み、科学者として邁進する中で、ふと感じる真理探究の不確かな手応えと無常感。そんな思いが、この一首に湯川を引き寄せたともいえるのではないか。

では湯川が少年の頃を詠んだ歌三首。

縁側にランプのホヤを掃除する少年の日は遠くはるけし
少年の頃は忘れず縁側にひとり積木の家をつくりし
逝く水の流れの底の美しき小石に似たる思ひ出もあり

そして青年の頃の歌三首。

深くかつ遠くきはめ天地の中の小さき星に生れて
よのつねの人と知りつつよのつねの事に足らはでただに苦しむ
疲れても寝ねてもいのちあるかぎり思ひとどまる時はあらなく

戦争は、湯川に多くの哀しみと憂いを残していった。自らが求め、追究した物理学から、原爆が作られたことに愕然とする。進歩の極みにあった物理学が、一番残酷なものを生み出してしまった。「核兵器など早期に切ってしまうべきだった。それが科学者の任務である」この思いが、原水爆禁止、平和運動へと湯川を駆り立てていった。

深山木の暗きにあれど指す方は遠ほの白しこれやわが道　　歌集『深山木』より

戦争で弟を失い、戦争の愚かさを科学者として身をもって体験し、そのことから平和を追求する真摯な学者として、世界に平和を訴え続けていく。

ふるさとの大文字の火をつひにまた見ずて逝きにしあはれ弟
空襲と起き出づる庭の片蔭に一つ蛍の光りゐるかも
天地のわかれし時に成りしとふ原子ふたたび砕けちる今
今よりは世界ひとつにとことはに平和を守るほかに道なし
この星に人絶えはてし後の世の永夜清宵何の所為ぞや

世界を旅し、京都を愛した湯川には、科学者とは別の詩人としての柔らかな感性がほの見える。

ゴンドラのゆくてはせまし橋と家夢にみしより美しき夢

橋の上にたたずむ人も夢のうち橋よりみればわれも絵のうち
雪ちかき比叡さゆる日々寂蓼のきはみにありてわが道つきず
人訪はぬ大仏のあたりもとほれば京に住む身の幸をおぼゆる

東京銀座に事務局がある世界平和アピール七人委員会に雑誌のインタビューで伺ったことがある。メンバーの湯川さんのこともお聞きした。すでに昭和五十六（一九八一）年にお亡くなりになっていた。絶筆は「平和への願い」だった。

天地《あめつち》は逆旅《げきりよ》になるかも鳥も人もいづこよりか来ていづこにか去る

十五　土佐の女――大原富枝

大原富枝さんの晩年の十年ぐらいは頻繁にお会いした。軽井沢の歌会には何度か出席して下さった。大原さんの生地、高知にある「大原富枝文学館」にはご一緒に行き、『婉という女』ゆかりの地に案内して頂いたこともある。
大原さんは、短歌には詳しい方だったが、小説を主体としていたせいか作歌は、それほど多くない。だが信州の斎藤史との対談や短歌雑誌への連載など、歌壇との関係は深い方だった。
「大原富枝文学館」に小さな手帳三冊が残されている。そこに短歌四十二首が書かれていた。昭和十二（一九三七）年から上京するまでの十年間に詠んだものと思われる。その前の昭和六（一九三一）年、十九歳の時、高知の実家で療養中に詠んだ歌がある。

頼りなき苦き薬の憤しくわざとこぼしぬ我一人居て

また昭和九（一九三四）年、二十二歳の時に嶺北短歌会誌に載った歌もある。

やり水に今朝はかそけし掛樋中落葉や敷きしと目覚めて想ふ

手帳の歌は、その後、大原さんが二十代後半に詠んだ歌で、太平洋戦争に突入する時期と、自らの肺結核との闘いの日々でもあった。昭和十二（一九三七）年、二十五歳の歌。

案じつつゆくらんきみにわがねつのさがりしおりとぞ告げやらましを
みんなみに空は開けて大土佐のひかりゆたけしこの濱の村

恋人の出征と病の中で、青春の灯を絶やすまいと苦悩する大原さんは、後に小説家としての心棒をここから汲み取ったに違いない。

思ふひとをちまたにおきてかへりきし山のひわびし日かげり来て
動員下令近くあるらし是非ひと目会ひたしと昨日のたよりなりしに
兵営に君たづね行く朝の駅動員令のはなし充ちたり
夏草のしげきあしたの練兵場旗打ち振りてきみ近づきぬ
たくましく日焼け給ひぬひさびさに添ひて仰げば汗の香のする
たまきはる生命このまま絶えかしとをののくひとときを知り初めにけり

恋人とのことは、大原さんにとって人生の大きな喜びと哀しみを同等に与え、のちの別れとともに忘れる事のできない若き日の出来事だった。

白きガーゼのうすき汚れを愛しみつきみが忘れしマスクを洗ふ

上京後の大原さんは、小説家としての地位を不動のものにし、死の間際まで小説を書きつづけていた。
最後の小説は、同じ高知出身の植物学者、牧野富太郎のことで、新しい資料が手に入ったので書くのだとおっしゃっていた。初稿の十四枚を見せて頂いた。
平成三（一九九一）年、高知に文学館が出来たその日に詠んだ歌。

寒芍薬乙女さびつつまんさくの紅葉に添ふめでたかりける

また文学全集が完結した平成七（一九九五）年に詠んだ歌。

紅白梅　辛夷　白木蓮　あかまつもわれと生き来てこの春を咲く

恋人の裏切りに遇い、ふるさとを捨て、東京に出たと言いつつも生涯ふるさとを心の片隅においた人だった。土佐の女の激しさを内に秘め、おおらかなその人柄に接していた私には、作家というよりも、お姉さまという存在だった。

ふるさとは捨てしと決めし若き日の深き傷あとも癒える日のあり

日本芸術院賞と恩賜賞を受賞した大原さんと、堀辰雄夫人の多恵子さんと小諸の中棚荘で祝いの膳を囲んだ。その時の厳しくも生き生きとした話ぶりが印象に残っている。その後、思いもかけずに小説連載を抱えたまま逝かれてしまった。

下井草の教会に最後のお別れに行った。おだやかな美しいお顔だった。

平成十一（一九九九）年、八十六歳、軽井沢で詠んだ最後の歌。


悲しみはひとり堪へよと山の端におりい沈める雲の静けさ

十六　理論と詩――石原　純

物理学者である石原純は、明治十四（一八八一）年、東京で生まれている。歌との出会いは、一高在学中に正岡子規の「歌よみに与ふる書」に触れ興味をもつようになる。「馬酔木」の伊藤左千夫に師事した石原は、後に長塚節、斎藤茂吉らと、「アララギ」創刊に加わり、それら同人と親しむようになる。

同時に理論物理学を専攻、研究するなかで「理論と詩」との間で葛藤する人でもあった。

卒業後、東北帝大助教授として仙台に赴任し、明治四十五（一九一二）年にヨーロッパに留学してアインシュタイン等の研究をする。大正五（一九一六）年に帰国した石原は、理学博士となり『相対性原理、万有引力及び量子論の研究』を発表する。後に相対性理論の紹介者としてその名を世間に知られるようになる。

歌は続けていたが、アララギ風に疑問をもち、次第にその距離を遠くしていく。また同じ「アララギ」の女流歌人、原阿佐緒との関係が世間に広く知れ渡り、妻子ある勅任官である石原は大学を辞め、安房の保田で阿佐緒と同棲することになる。そんな中で大正十一（一九二二）年、歌集『靉日《あい》』をアルスより刊行する。その序で石原は詩に対する思いに触れている。「自然や人生に対する直観のなかに見いだされる感激にも深く触れることによりて人間としての私みづからを育てやうといたしました」そこでの歌。

親しめる国のま央《なか》にいま息《やす》らひ、／我が純《もはら》なる思ひを禱《いの》る。

ゆふおもくむら霧くだる。／遠く来て／妻に離れゐる我がなやみふかし。

哀しみて我が来しものを、／こころ弛《ゆる》び／重なる山を眼にちかく見る。

物理学者としての石原は『相対性原理』等の著作を次々と発表し、学者としての地位を不動にするが、島木赤彦はじめ「アララギ」との関係は阿佐緒とのこともあって不仲となり、「アララギ」を出て釈迢空や古泉千樫らと「日光」へ移っていく。

その後の石原は、定型短歌に代わるものとして、「新短歌」を提唱し、昭和十二（一九三七）年に「新短歌」を創刊するが、昭和十八（一九四三）年に戦争による雑誌統合により終刊となる。その間の石原は、新しい短歌のあり方、歌論なども書き、定型から時代にあった短詩型としての短歌論を唱え、仲間と口語短歌の普及につとめていく。『新短歌概論』などを著し、現在でもその流れの継承はなされている。

それでは石原が新短歌に移る前の歌をあげて、後の歌との比較において「理論と詩」との狭間に垣間見える石原の葛藤の姿を探ってみたい。

足りごころ我れにすくなくあめつちの暴らびすさぶにいで遇へるいま

欧州へ留学の途中、シベリヤで詠んだ歌。

生きものもなき赤肌《あかはだ》の山見ゆる／この北のくにに航《わた》り来しかも。
春おそきろしやのみやこは、／毛裘《けごろも》をなほ厚く被《き》て、／をみならゆくも。

のちに来日したアインシュタインと共に日本各地を講演して歩くことになった石原は、チューリッヒで近代物理学の革命を成就した博士に逢った感激を歌に詠んでいる。

名に慕へる　相対論の　創始者に　われいま見ゆる　こころうれしみ

又こんな歌も詠んでいる。

異なれるくにのはたてに我れはすみ霧のくらきになげかひにけり
乏《とも》しくも遠きにすめる家妻と　霧になやめる我れとかなしく。

新短歌の近代性を論じた石原は、昭和十二（一九三七）年『立像』の中で、短歌定型が詩の求むべき真正な韻律でないとし、「我々はすなはち自由形式の新短歌においてのみ我々の時代の韻律を味はひえるのである」と書いている。
その石原の新短歌から数首をあげてみる。おのずから、その違いが分かるだろう。

雪の　懐疑的なうごき。自然の　ふかい眼と　ふしぎな心臓とが　秘んでいる。照るための　陽ではない。夜をつくるための　昼なのである。『二つの手』の存在を実証せよ。

「自歌自釋」

音波は　空気をしずかに揺るがしている。眼にふれない　ふしぎな　色彩を味わう。

昭和二十二（一九四七）年、石原は自動車事故により死去する。

十七　ラケットをもった貴婦人――朝吹磯子

日本にまだ貴族社会があった時代、そこにラケットをもち、歌を詠んだ貴婦人がいた。朝吹磯子。その名を知る人は少ない。サガンの『悲しみよこんにちは』などの翻訳家、エッセイストの朝吹登水子の母である。磯子の夫、常吉は実業家として活躍した人物で、ボーヴォワールと親しかった登水子も兄、三吉もフランスに留学し、国際的な文化人一家として知られていた。

磯子は、別荘がある軽井沢でテニスをよくした。大正十五（一九二六）年には全関東女子シングルとダブルスで優勝、全日本女子ダブルス選手権保持者となる。三十四歳で始めたテニスだった。夫は日本庭球協会の初代会長で、テニス一家だった。

その磯子は、佐佐木信綱門下で「心の花」の歌人でもあった。昭和十五（一九四〇）年に歌集『環流』（創美社）が「心の花叢書」として出版された。装幀は娘の朝吹登水子で、佐佐木信綱の序がある。

「歌壇に一の新らしく美はしき色と香とをかもせるものとして、喜ぶべきなり」

と歌集出版を祝い、

「ことに今や東西の天、風雲あわただしき時、平和の世界をめぐれる一歌集として永く世に傳ふべき作品といひつべし」

と結んでいる。一年前には第二次世界大戦が始まり、昭和十五（一九四〇）年にはドイツ、イタリアと三国軍事同盟を結び、翌年に日本も太平洋戦争に突入するという、まさに風雲急を告げる時だった。

戦争前に欧米を歴訪し、ニューヨーク、パリ、スイス、イタリアなどを巡った磯子の目に映った各国の珍しい風景や人々の有様が歌の響きとなってこの歌集に詠まれていた。

日本にては味ははれぬ此の愉しさなり心みな若し米国人は

灰色の都市ロンドンに往来《ゆきき》する女は何かものさびて見ゆ
芸術の感覚が隔つる現世《うつしよ》に乞食芸人多し巴里のちまたは
嵐前の静けさかこの不気味なる南京路の空気を急いで歩む

この集は外遊の歌を集めて編んだもので、怠りがちであったが、竹柏会に入ってから二十一年詠み続けてきたとあとがきで磯子は記す。多くの外国の写真が入ったこの歌集は、当時としては斬新で贅沢な作りだった。「本を書いておくことはいいことですよ。あとまで残りますから」といった母磯子の言葉を娘の登水子は忘れなかった。

磯子は『環流』の前に『高砂島をうたふ』を出している。『環流』は暗い時代に入っていく前の自由で明るい一瞬の光源をみる思いがする。『環流』のあとに『おもかげ』を出し、第四歌集『蒼樹』を出版する。『蒼樹』（墨水書房）も佐佐木信綱の序がある。昭和十二（一九三七）年から十七年の歌六百首で、戦争中の昭和十七（一九四二）年七月の発行。


ゆふづつの光ほのけき高原に樅の蒼樹のかげしづかなる

軽井沢の別荘で詠んだこの歌から『蒼樹』とした。

「支那事変につぐこの大東亜戦争の輝かしい世に生きあった歓び……」と後記に書かざるを

得ない時代状況だった。

佐佐木信綱も序で「戦争、銃後の感動を直接にゑがき、自然観照の歌も、深く根をおろせる作尠なからず」また「――その庭球に於ける闘志のごとく、短歌にも全身的なる精神力を傾倒せるを見るが常なりき」と磯子の人となりを残した。

時局の動きせまりくるもの感じつつ女われ今日はもの洗ひ濯ぐ
天皇《おほきみ》の兵の一人と吾子四郎たぎる思ひに新年迎へむ
再びは会ひがたき世なり美しう散りゆく花のいのち羨しき

世界を見てきた磯子の本心は分からないが、大東亜文学者大会の様子をこう詠んでいる。

ひたぶるに宣誓よます真情の大き声まさに堂を壓せり　（斎藤瀏先生）
壇上に万歳三唱します先生のみ手の清《すが》しさ力を感ず　（島崎藤村翁）

磯子も歌集の最後にこう詠む。

勝ちて勝ちて一年は過ぎつ国挙り勝ちぬき行かむおもひ新たに

十八　知の巨人の愛――加藤周一

世界に通用する文化人というのは尠ないかもしれない。日本にいるとすれば、その一人に加藤周一をあげることができる。軽井沢追分の山荘で、お目に掛かっていた加藤周一氏は、温厚でフェミニストで優しい方であった。作家で医者で評論家だった。

そんな加藤が「憲法九条の会」の呼びかけ人の一人として最後まで平和運動に身を削って尽力されていたことは知られている。文学的仲間でもあった作家中村真一郎の親友で二人とも東西の古典に造詣が深かった。戦争を体験した二人が文学の芯においたのが愛だった。男女の愛だけでなく、人間存在そのものへの愛。なにものにも侵しがたい、それは平和だった。

昭和五十一（一九七六）年に限定百五十部の『加藤周一歌集』が出ている。『薔薇譜』と名づけられ、薔薇の絵が上品にあしらわれている。歌集全体を占める相聞歌を象徴しているかのように。

しなやかに軽きからだのわが腕にあつく燃えくるをみな子あはれ
いふ勿れ飛び去る鳥と空のおくに君が瞳のわれを離れず

別れては君の名をよぶ百たびもはかなき業よおろかなる日よ

愛に煩悶する加藤の姿が垣間見える歌である。
山荘のある信濃は、加藤にとって思い出深い土地であった。医者であった加藤は、終戦まぎわに勤務していた病院の医局が信州上田に疎開したことによっても関係を深めた。その信濃を詠んだ愛の歌。

たとひ世のすべてに代へても信濃路の春は捨てじと語る君かな
秋の陽のすすきの原に落ちるまで待たんと云へる人の恋しさ
花すすき浅間のふもと雲淡し寄り添ふ人の肌のぬくもり

加藤は、日本だけでなく外国でも教鞭をとり世界を巡る。しかし、愛の核だけが日本も外国も同じと加藤が思っていたのは、相聞の歌から察することができる。

ふと思ふ現なるやと古き宿のこたつに君と雨を聴くとき（彦根）
そのかみの仏の顔は静まれり君と訪ねし古き都に（京都）
湯あかりの肌あたたかき胸故にこの国に住み悔ゆることなし（長崎）

巴里悲し街にざわめき花の店寄り添ふ細き肩のなければ　（巴里）

北国の荒野に孤り細き人歩み来たれる幻見たり　（北太平洋）

加藤の自伝的回想録の中で、自らが未年なのでタイトルにしたという『羊の歌』『続羊の歌』が残されている。

八月十五日で終わる『羊の歌』の最後に、「ほんとうのものは、たとえ焼け跡であっても、嘘でかためた宮殿より美しいだろう」と書いた。

平成二十（二〇〇八）年十二月五日、加藤は昇天した。亡くなる前にカトリックの洗礼を受けていた。

今頃、天国で親友の中村真一郎と文学談義などをしているだろう。中村に「君、色っぽい歌を詠むじゃないか」などと言われて。

あとを追うように亡くなった「憲法九条の会」の同志でもあった井上ひさしが加藤のことを「知の巨人」と書いた。そして、いい意味での青年の一途さをもっている人とも書いている。それだからこそ、純粋に相聞を歌うことができたのだろう。

あと少し相聞の歌をあげてみよう。

紅き花手折りて心の鎖よとその名をわれに告げし君かな
死ぬときはしづかに消えてゆくべしと海をみつめて語る君かな
春の宵また会ふ日までいくたびか想はむ宿の嵐すぎゆく
びはの海暗き面に漁火の二つ輝き寄りて離れず
証しせよ古き都の仏たちわが恋ふ人の幸せの日を
花すすきひとり登れば秋の日はさびしからむと語る君かな

思えば、加藤の鋭い目、厳しさの漂う容姿からは想像ができない歌群だが、加藤の生涯は、ほんとうの平和をもとめた一生だった気がする。

十九　ざんげ歌の哀しみ――小原　保

どんな凶悪な人間でも、死を前にしたら、どこかに魂の救いを求めずにはいられないだろう。それが人間という気がする。まして犯した罪によって、死刑という判決を身に負った者が、死という現実を目の前にした時、奪った命とともに自らの命にも向き合わざるを得ない。その矛盾を知ることによって我々は死刑囚に人間の極限の姿をみようとする。しかし、それは明らかに遅すぎた懺悔に過ぎない。だが彼らは歌わざるをえない。そのことで真っ当な人間に少しでも近づいたと言えるが、いくら悔恨や懺悔をしようと、虚しくも哀歌の響きを残すのみである。

あえて、それらの歌を取り上げることによって、人間の愚かさや、冷酷、残忍な行いの底に幾分でも人間らしい血が流れていることを確認し、せめてもの救いとして、裁かれゆく者への一抹の憐憫を投げかけてもいいと思う。彼が歌によって、忌まわしい過去を甦らせ、懊悩し、苦悶の日々の中から覚悟の死に近づいていく軌跡をここに辿ることにした。

その人は、小原保。昭和三十八（一九六三）年に身代金目当てで四歳の吉展ちゃんを誘拐し、殺害した。世間を騒がせた「吉展ちゃん事件」の犯人である。そして、八年後に処刑される。

死刑が確定してから、刑務所内で、歌誌「林間」（木村捨録主宰）に入会、二年数カ月にわたり短歌を発表していた。死刑前夜、主宰者に、最後の歌稿八首と歌の勉強が出来たことは幸せだったと書き送った。その遺詠の一首。

明日の日をひたすら前に打ちつづく　鼓動を胸に聞きつつ眠る

事件から二十年後、小原の獄中歌集が出される。『氷歌』（星雲社）、編者は「林間」の編集同人だった大浜秀子。小原の歌を直接みていた人である。

小原は刑死までの間に二百首余りの短歌を詠んだ。当時の朝日新聞の記事で、人間軽視の異常性格と書かれた小原が、真正な人間に還っていく、その精神的支柱になったのが短歌だった。

絶望の底に見いでし一粒の真珠の如き歌の心か
詠みあげし歌に命はあらねども獄舎に生くる日々支へられぬ　　昭和四十三年一月

小原に死の覚悟が定まり、悔恨の心が率直に表れている歌をあげてみる。

些かの欲に人道踏みはづし転げ落ちしは出口なき部屋
己が眼の歪みと知らず世をすねし過去の愚かを今にして思ふ
来るべき時に備へて書き遺す短き文に一首書き添ふ

そして思うは家族のこと。

せめてもの救ひとなりぬ判決の悲報以前に母死に給ふ
鉄窓に果てる吾れより白き眼に耐へて生きゆく家族思ほゆ
わが罪の故に秘かに暮らすとの兄の便りは余白多かりき

歌友との交流は、極悪非道といわれた小原の心に人間らしさを取り戻しそれゆえの苦悩も又、負いつつ、近づく死と馴れあっていくしかない。

親しみを詠み呉れ歌誌に海はるか南米よりの贈り歌あり
七十の齢とありし歌誌友の歌にやさしき心偲ばゆ
名をさへ人も怖るる吾が歌をかく読み給ふ誌友ありうれし

昨今も凶悪な事件が相次いで起こっている。人間性を失わせる社会に問題があるにせよ、どうあろうと人は他者を傷つけずに生きなければならない。

底までもかく透きとほる朝の湯に刑死の近き生命を洗ふ

短歌を作る死刑囚を何人か知っているが、何故なのかと思っていたが、拘置所に各結社から短歌誌が贈られてくるというので納得した。

死の影に怯えあがきし過去《すぎさ》りに今の安らひあるは識らざり
死を活かす償ひなればその命無駄にはすまじ君も又われも

罪を犯す前に、歌の持つ情動が歯止めになれば。

二十　実りのひとつ——宮沢賢治

宮沢賢治の人気はいまだに高い。それは賢治の詩や童話であり、短歌ではない。だが賢治の文学的な営為の源は短歌であった。作り始めたのは、石川啄木を知った中学生の頃からで、二十五歳までの若い期間だった。歌集は出していないが、千首余りの歌を自らまとめている。

せともの、ひゞわれのごとくほそえだは淋しく白きそらをわかちぬ
凍りたるはがねの空の傷口にとられじとなくよるのからすか

賢治のもっている独特な感性を詠んだ歌である。鋭敏さの中にある危うい精神の彷徨が垣間見え、のちの文学的方向がうかがえる。

黝くして
感覚にぶき
この岩は
夏のやすみの夕暮を吸ふ。
落ちつかぬ
たそがれのそら
やまやまは生きたるごとく
河原を囲む。

岩や山を生きたものと捉える、自然に対する賢治独自な一体感は、徐々に宇宙的自然観とつながっていく。

賢治が生まれたのは明治二十九（一八九六）年で日清戦争が終わって一年が経っている。そして大正、昭和と時代が進んでいく中、昭和八（一九三三）年に賢治は亡くなる。この時期は、日本が国際連盟を脱退し、長く暗い戦争の時代へ突入していく時だった。賢治は、激動の合間の短い時代を、一瞬の光彩を残して去っていく運命だったのかもしれない。

好きだったベートーベンを真似て、野に立ち、帽子とオーバー姿の賢治は有名だが、賢治のこの写真は、地に視線を落とし、考え事をしているようにも見える。のちに農業の実践指導などをしながら地域の農民と共に活動する農民詩人らしい姿である。地に育つ人間を見つめ、心を宇宙の広がりまで高めていった賢治を象徴しているかのようだ。

白きそらは一すぢごとにわが髪をひくこゝちにてせまり来りぬ
夜の底に霧たゞなびき燐光の夢のかなたにのぼりし火星
あまぐもは
氷河のごとく地を掻けば
森は無念の　群青を呑み。
なまこ山海ぼうず山のうしろにて薄明穹のくらき水色

賢治の死後、手帳に残された「雨ニモマケズ」は賢治の詩のなかでも有名となり、現在でも多くの人に口ずさまれている。
結核で、死を意識した賢治は、その心のありさまを詩に残している。

だめでせう　とまりませんな　がぶがぶ湧いてゐるやうですからな　ゆふべからねむらず
血も出つづけなもんですから　そこらはしんしんとして　どうも間もなく死にさうです
けれどもなんといい風でせう　もう晴明が近いので――

賢治の詩には、どこか突き抜けた清涼感がある。俗世から宇宙空間にすくっと立っている、塵芥の一茎の花のような、そんな賢治に人々は魅せられたのだ。
それらの詩と『銀河鉄道の夜』などの児童文学者として名をとどめている賢治だが、最後に残したのは短歌だった。

病《いたつき》のゆゑにもくちん
いのちなり
みのりに棄てば
うれしからまし

昭和八（一九三三）年、三十八歳の賢治は逝った。創作と宗教と農業の改良と、懸命に駆け抜けた生涯だった。毎年のように冷害に苦しめられた東北の地も、賢治の逝ったこの年は豊作だった。賢治は大地が生んだ実りのひとつだったのかもしれない。

法華経を信仰し、その布教にも情熱を注いだ賢治は亡くなるその日に南無妙法蓮華経を唱え、絶命する。賢治が雑誌に発表した短歌は少ないが、ここにあげておこう。

風来《きた》り、高鳴るものは、やまならし、あるひはポプラ、さとりのねがひ。
あかりまどそらしろく張るにすゞめ来ていとゞせはしくつばさ廻せり
阿片光　さびしくこむるたそがれの　むねにゆらげる　青き麻むら
きれぎれに雨《アメ》を伴ひ吹く風にうす月こめて虫の鳴くなり。

二十一　農民とともに――若月俊一

明治四十三（一九一〇）年生まれの若月俊一は、平成二十二（二〇一〇）年で生誕百年になる。百年を記念して各種の会が催された。若月は医者でもあり、文筆家でもあった。

東京生まれの若月が、東京帝国大学を卒業したのは戦争前の昭和十一（一九三六）年だった。その間の若月は、文学少年であり、当時、知識層に広がっていたマルクス主義に傾倒する左翼青年でもあった。

鎌倉の雪の下道よ
落葉散りしく道を　ふみしめさまよいては
思いふけりたりし　人の世の悲しきことども
鎌倉の由比が浜辺よ
遠く伊豆のあたり　暮れゆく海を眺めおれば
いきどおろしき心もいつしかに消えさりゆきし

日本が戦争に突入していく前の社会情勢は、悪化していく一方で、若月は自らの病と思想弾圧の嵐の中で、苦悶の青春時代を送り、詩や短歌に、その思いを綴っていた。思想的挫折で自殺を考え、兵隊にいき死にも直面した。そんな若月を救ったのは恩師だった。

その昔あざけりすてし短歌《うた》のみち今しづかに歩まむとする
寝ねがてのこころあやしく過ぎゆくは吾が失ひし若き日の夢

敗戦間近の昭和二十（一九四五）年三月、若月は恩師の薦めで信州佐久の小さな診療所に赴任する。そして若月はここで東京での挫折をバネにして、診療所を信州有数の大病院にまで育て上げていく。

もろもろの希望消えはて故砂狂ふ湖北の地に吾らゆくべし
蒙古ゆく運命となればおのづから書読むこころ安からぬかな
青葉かげ色ます頃を白き衣の肺病む兵とわがなりにけり
これの世のひとのいのちをうばひとるこのかせやぶるすべはもなきか

赴任した若月は、農村の医療改良に取り組み、貧しさと偏見のために病院にこられない人々のために自ら出向いての出張診療を実行した。農民の健康管理の啓蒙のために台本を書き、分かりやすい演劇を持ち込んで農村の中に医師とともに入っていった。

民衆とともに歩もうとしたマルクス少年と、文学青年らしい若月の発想だった。

こうして地域医療としては先進的な佐久総合病院をつくり上げていった。

何となき希望を抱き待ちゐたる桜もやがて散り初めにけり
管内を出でたるよりは六月のゆきずりの女《ひと》みなうつくしき

平成二十（二〇〇八）年十二月三日の朝日新聞に、若月と親交があり、病院に入院したこともある作家の深沢七郎が死後残した壺の中に、深沢本人が筆写した若月の短歌や詩が発見された記事が載った。

その中の詩に、若き日の若月の苦悩が読み取れる。

故　知らぬ愁に堪えず
隅射し鈍き屋上にのぼり
見おろせぱ蟻のごと
ひとびと蠢《ひしめ》きけり

遠く　彼方の空際《ぎわ》には
華麗なる議事堂のドーム聳えたり
されど
芝居の背景《かきわり》にも似たる其《そ》の空虚さ
ああ　真に愚かしき街

佐久出身の作家、山室静が興した佐久文化会議の委員になったことで私は、この会の議長だった若月に度々お会いすることができた。

信州の大地にどっしりと根をおろし、農村医学の確立に生涯を捧げた若月のおおらかでユーモアのある人柄を忘れることができない。アジアのノーベル賞といわれるマグサイサイ賞を受賞し、地域から日本へ世界へと医学を通して発信しつづけた人だった。

二十二　太陽でありたかった女――平塚らいてう

「原始、女性は太陽であった」

有名な雑誌「青鞜」の創刊の辞の冒頭の一節である。平塚らいてうといえば女性運動の先駆者としての印象が深いが、女性だけの雑誌「青鞜」がそうであったように、文学を通して女性への啓蒙を促した「新しい女」だった気がする。

らいてうと親しかった小林登美枝さん（元毎日新聞記者、らいてう秘書）とは晩年の十年余り交流があったので、小林さんを通し自然とらいてうの縁も深くなった。信州上田に「らいてうの家」が出来て一層身近に感じるようになった。「らいてうの家」建設のため茫々たる原野を、小林さんと見学したことを思い出す。

ここには、らいてうの夫、奥村博史とらいてうの短歌、俳句が短冊に残されている。

ここにきて海のひろさをしみじみと
みにおぼえつつ　われうつつなし

らいてうの歌は、昔の女性としての嗜みの一つで、特別先生に付くというものではなかったようである。

明治四十一（一九〇八）年、二十二歳のらいてうは、一つの事件を起こす。夏目漱石の弟子で、妻子ある作家、森田草平との恋愛事件?だった。世間で塩原事件と騒がれた。良家の子女の心中未遂事件として糾弾されたらいてうは、信州に逃れる。信州の高山で孤高に生きる鳥、雷鳥を知り、自らのペンネームにした。

その時期に、若いらいてうが綴ったのが短歌だった。

消えまどふ手燭をなどか侍むらん君を涅槃の空に照らばや
わが恋は真夏の昼の日のもとの深き甘寝《うまい》の静けさにして
落ちし日は海を流れて御瞳の底にかすかに小さく燃えぬ
新たにも燃えて狂へる焔なり焼かん焼かれん相合ひし胸
君は朽ち我は枯るとも口づけし魂のゆらぎは永久ならぬかは
春かぜにおもしろきかな我を待つ恋のをぐるま夢の小車
捧げるは夢のさかづき小さけれど飲みてみたまへ永久の杯
わが魂を春野の花に染めかへす悲しき日なり初恋の文
恋ふる身の恐怖に堪へぬ弱こころ恋ふるが故に死をこそ願へ

後の運動家としてのらいてうからは想像しがたい歌群だが、恋が死につながるという感性は、情熱家のらいてうらしいといえる。

この事件を切っ掛けに、らいてうは女性の性を深く見つめ、一歩脱皮し、強い女へと変身していく。

ともすれば思ひまどひぬ「美しき死」に生きなんは「美しき世」と

若き日の陶酔から芽生えた「美しき死」より「美しき世」へと変貌を遂げることでもあった。この事件は、らいてうの一大エポックだったに違いない。

後にらいてうは、年下の若い画家、奥村博史と同棲する。今でいう夫婦別姓のはしりで、「若い燕」の流行語を生む。

明治四十三（一九一二）年、博史は、前田夕暮の「詩歌」に参加しているから、らいてうと同じ文学的感性も持ち合わせていたに違いない。翌年、茅ヶ崎でらいてうと出会う。後に舞台人、工芸家としても活躍し、成城学園の絵画教師となり、演劇部を創設し指導する。その博史が敗戦の日に詠んだ歌がある。

芋粥をすすりつつ想ふ破れたる国に照る日の猶かはらぬを

二十三　この世の外——大伴道子

おもかげをほの見しばかり真澄鏡この世の外の月の光に　『真澄鏡』
この世の外とおもひしことのひとつにてわが蠍座の星は燃えたる　『秋露集』
ありてあらずこの世の外の思ひごとわが噴泉《フォンテーヌ》火を吹き上げよ　同

大伴道子は、歌を封じられた歌人であった。夫は政治家、実業家で、その名を知られた堤康次郎。その夫に隠れて詠まざるをえなかった歌の数々を思うとき、道子の人生の軌跡がほの見えてくる。

世俗にまみれ、闘う男と共にする歳月の中で、この世の外に身を置かざるをえない作者の心情が、せつせつと伝わってくる。

「日本歌人」に属し、昭和二十八（一九五三）年に第一歌集『静夜』を出し、第二歌集『明窓』とともに日本歌人発行所より出版されている。

歌ひとつ書きて眠らむ短夜も長夜もかくてうつし世の外　『真澄鏡』

死と愛と神の住みをるわが内部いたくもひびく琴ひとつあり　『鈴鏡』

しかし作者は闘う女であった。自らの運命を受容しつつ、夫の理不尽にも耐え、日陰の身から正妻となり、夫、子供らを支えて、その座を守りぬく。

いのちある限りを悩めときめられしわが一族の運命《さだめ》とおもふ　『浅間に近く』

火のごとくはげしく生きて焦点にひとつの旗のはためくを見き　『鈴鏡』

西武王国を築いた男は、先々の夢を追いかけ続け過去を振り返らない。康次郎夫人、大伴道子こと堤操は、セゾングループを率いた作家、詩人の辻井喬（堤清二）の母でもあった。息子清二は、母の死後遺詠をまとめ『秋露集』（文化出版局）を出版している。そのあとがきに「大伴道子の、心を占めていた、歌なるものの力と、彼女の精進に驚きかつ畏れる次第である」と記した。

その母、道子が、息子清二を詠んだ歌がある。

世の道のたしかならざる物の象《かげ》おもひつつ子の背《そびら》を見やる　『明窓』

あまやかす日もなく凝らす真実にきびしすぎたり母と子の道　同

清二氏には何度もお会いしているのに、迂闊にも母、大伴道子のことは存じあげなかった。軽井沢の別荘分譲を原点として康次郎の実業家人生が出発したことを思えば、地元に幾多の武勇伝も残っており、そこに寄り添った女性としては、壮絶で激動の人生を経たと思い及ぶものの、その思いを火の山浅間山にあって心のオアシスとしていたことを歌より窺い知ることが出来た。未明荘と名付けられた軽井沢の別荘は、作者の魂を慰撫してくれる唯一のものであることが第五歌集『浅間に近く』にも収められている。

いま独り凍れる山を前にして瞋りをともにせむか火の山
一人の狂へるときに夏の陽は烈々として浅間をこがす
醒めて仰ぐ朝の浅間に黙しをりかく秘めてきしことの久しき

道子は東京本所向島生まれだが、

何もかも汚れてみゆる東京の街を捨てたくなる日がありて　　『浅間に近く』

と詠み、

かなしみをひとりひそかに運び来て火を噴く山の山かげに佇つ　『道』

とも詠んで心の葛藤を歌に表白する。道子が愛した「未明荘」は今、あとかたも無い。闘いも悩みも悲しみも歳月が洗い流してくれる。毀誉褒貶の中で添い遂げた康次郎が昭和三十九（一九六四）年に亡くなる。道子は昭和五十八（一九八三）年に第十一歌集『真澄鏡』を出して一年後に逝去。

ひと問はば　某《なにがし》の法師が心よと言ふ外はなし生きて死ぬ身の

と詠んだ。

わが歌碑を建てむといひし子よ生きてこころ安らぐ地《くが》はいづこぞ　『浅間に近く』

二十四　火の国の女——高群逸枝

十重二十重遠きはとけて雲に入るわが来しかたのなつかしき山

阿蘇火山の下、明治二十七（一八九四）年、熊本県に生まれた高群逸枝は女性史研究家として女性史を古代からの通史として残したことで、その名を知られている。それだけでなく詩人としても独自な道を歩み歌集『妾薄命』（大正十一年六月、金尾文淵堂）を残している。それは定型歌と破調歌（自由律）がまじったもので歌壇との交流はなく、自分なりの歌境を得たものだった。また破調歌にもりきれないと感じた時は長詩となった。常に表現の革新に文学的にも精神的にも向かい続けた高群らしい歩み方だった。その歌は自然と一体となることで、安穏な日々の中から生まれた。

人なつかしわが世なつかしいまはわれ泪こぼして山の上にあり
椿の花拾ひて仰ぐひとひらの白雲飛ぶや飛ぶやいづこまで

『火の国の女の日記』の中で、感情革命といい、詩に傾倒した経緯を書いている。若き日の高群は、読書と思索と山歩きの明け暮れだった。そんな中で恋愛を経て、成熟した女へと変身していく。

召しまさば影さへすてて君と行きみ空《そら》のままに遠去なむもの
酔ひしれて泣けば暮春の花が散る甘い生命を何としやうぞ

大正七（一九一八）年、二十四歳の時、四国巡礼の無銭旅行を決行する。それが「娘巡礼記」として九州日日新聞に載る。そこでの歌。

火の国の火の山に来て見わたせばわが古里は花模様かな
明月のほとりに独り迷ひ来て風の悲しきに涙ながしぬ
真夜中に悲しからずや馬とわれ馬な泣きそねわれ此処にあり

高群の言う破調歌もあげておこう。

不幸　さは何をいう久方の天照らす月の影のさやけさ

たとい私があの山を一つ越えたとてそこにも風が吹いているばかり
うつとりと私は行こう野の道へそこでは月が死ぬまで照らす

翌年、橋本憲三と結婚。憲三は生涯、高群を学問、研究の同志として支えつづける。その後の高群は婦人運動家として平塚らいてうらと活躍し、機関誌の発行などをして女性や社会に目を向けていく。三十七歳より女性史研究に没頭するため書斎に籠もり社会とは隔絶した研究生活に入る。

『母系制の研究』『招婿婚の研究』と今までにない研究成果を上げていく。高群の研究一筋の道は厳しかった。次のような詩を書き自らを鼓舞していた。

学問はさびしい／途中で一、二ど世間の目にふれることもあるが／すぐ雲霧のなかに入る
道／この道をこつこつゆけば／路傍の花が「わたしもそうですよ」という／春はなずなの
花が／秋は尾花がそういう　（学問と花）
私は勝とうとしている／長い苦しい研究に／私は勝とうとしている／もう一歩だ／山は見
えたああ私は勝とうとしている　（勝利）

病を得、病弱の身を労りながら長く研究生活を続けるために、高群は無理をしないように自

分に言いきかせた。

苦しみも楽しみにしてむりをせず生きて行かむと思ふこのごろ
わが眼半ば盲ひたる日は文字太く書きにけるかなこれを寂しむ

戦後、研究を第一として立ち直り仕事をはじめた高群に一筋の光明が差しはじめる。昭和二十六（一九五一）年十二月に『招婿婚の研究』を書き上げる。

「今日の日は暮れぬ／まずよろこばむ／今日の日を」

これを機に、平塚らいてう、市川房枝ら発起人二百名の賛同で「高群逸枝著作刊行後援会」が発足する。ライフワークだった『大日本女性史』全六巻も完成する。

「人の一生は知れたものだ／花のさかりも一時だ／そのさかりさえ無い者もある／真理に生きよう／千の名より一の真理に」

昭和三十九（一九六四）年、古希七十歳を祝ったその年に帰らぬ人となる。

二十五　忍ぶ女《ひと》――津田治子

人は定められた運命を生きるしかない。人の一生は理不尽ともいえるものだが、受容して生きていくのが人間で、そこにそれぞれの勁さが現われてくる。

津田治子は幼い頃より当時癩《らい》といわれたハンセン病に罹り家の中で父の庇護の下、世間から隔離されて病を養っていた。自殺未遂をしたこともある。二十歳を過ぎても病は重くなるばかりで、父のことや世間体を考えて、牧師さんの勧めで療養施設、リデルの家に移っていく。集団生活という途惑う環境への出発だった。宗教上の使命があるというものの病者のために英国の若い女性が明治の時代に異国の日本に渡り、その半生を捧げる生き方がまだ治子には深く理解することができなかった。幼くして母を失くし、病の自分が居ることで姉は家出、唯一の肉親である父の存在を依り所として、その愛を求めた。だが父が再婚し、音信も絶えると治子の悲しみは深まっていく。

　夜半さめて湧く悲しみか在り堪へて老いたる父を一生《ひとよ》みがてに
　この冬は常にもあらず寒かりき便りなき父ひたに思ほる

療養所の中で、治子は短歌に熱中する人々を知る。いつしか治子も歌の投稿をはじめていた。「アララギ」は土屋文明が選歌をしていた。どんなに辛い人生であろうと人間として生きぬき、短歌にその思いを証として残すことを治子は幸せだと思うようになっていた。苦しみを脇に置いて、治子は入選歌批評をしたり、『万葉集』の研究会に出たり短歌に熱中していった。唯一の心の依り所を得た治子は、昭和十三（一九三八）年に晴れて「アララギ」に加入することができた。

逝く春の山に遊ぶといささかの飯《いひ》を炊きつつしきりに楽し
山の上の遠明り空とどこほる思ひに沁みて歩み来にけり

戦争が始まっても病者はそのままの生活で、物資の不足と暗い時勢の音が、隔離された人々の上にもひたひたと押し寄せてきた。

秋白く道はてりたり来る人のなければ上るこの山村に
病み崩えし身の置き処《くど》なくふるさとを出でて来にけり老父《おいちち》を置きて
現身の終の仕へと老父の夜のしとねを敷きまゐらせつ

崩れゆく吾の病ひの現れていつよりか姉は家を出でたり

治子は自らの容貌が崩れていく病の怖さに打ちふるえる日々だった。姿の無い神が羨ましかった。療養所では創設者のリデル、ライト先生らが、治子にとっての現実の神だった。

「すべての労する者、重荷を負う者、われに来たれ、われ汝を休ません」

唯一の肉親と思い慕いつづけた父のことを忘れようと思った。自分には短歌と神があるんだと心に刻みこんだ。


在るがままに過ぎつつもとないつよりか老父の夢もみずなりにけり

癩文学といわれた作家の北条民雄、歌人の明石海人らを治子は知っていた。治子と同じ病に苦しむ人たちとの交流の中で、歌に没頭し、頭角を現わす先輩たちもいた。それらの人々は、治子の刺激となって心を奮い立たせた。

残酷ともいえる病の中で、どんなに醜怪になろうとも、心が無惨になろうとも、人間として生きるのだと自分に言いきかせた。信仰と短歌を詠むことで生きている証を残すのだ。それは陰を光にかえる治子の生き方だった。きっといつか、この病にも特効薬が発見され、我々のような病者がいなくなる時代が来るかもしれない。そんな希望をもつのだった。

明日を恃《たの》み和ぎし心のひそかなれ常蔭《とこかげ》の土に生ふる青苔

互いの傷を労るように同じ病の夫との結びつきは支え合う同士でもあったが現実は厳しかった。夫は病が重くなるにつれ苦しみ悶え、言葉の暴力を投げて、ついには帰らぬ人となる。

苦しみのあとをとどめぬ面《おもて》となり一つの息を長く引きにき
命ありて憎みもしたり愚かしき吾がのこる日に思ふ亡き夫
現身《うつしみ》にヨブの終りの倖《しあはせ》はあらずともよししぬびてゆかな

二十六　ロマンの人――中河与一

小説『天の夕顔』で知られる作家、中河与一は歌集も出している。大正十一（一九二二）年に『光る波』（上田屋書店）、昭和十八（一九四三）年に『秘帖』（臼井書房）を出版。

彼の出発は絵画と短歌だった。のちに作家として数々の作品を発表する。新感覚派の旗手として注目され、川端康成、横光利一らと「文芸時代」を創刊する。モダンでロマン的な作風は、世評の高い『天の夕顔』に結実する。

大正五（一九一六）年頃より短歌に夢中になり「朱欒《ザンボア》」に投稿する。大正九（一九二〇）年、歌人、林幹子と結婚。幹子は翻訳をするなどの才媛で、白秋の「日光」創刊に加わり女流雑誌創刊ののちに「をだまき」を主宰する。

その妻を詠んだ歌。

貧しさをいひ居りし妻なりはひの疲れをもちていまは眠れり
消毒のみしつつ狂へるわれとゐて住み憂からんを不足言はぬ妻
ときどきの外出よろこび帰る妻をあはれと時におもふことあり

幹子は昭和二十七（一九五二）年、歌集『夕波』（長谷川書房）を出版、他の著作もある。

中河の歌集『秘帖』は和紙の和綴じ本で縦長の手の平サイズのシャレた装幀、その跋にこのように書いている。

「――おほむね若き日の純粋な感情をそのままに、うたひいでたものであつて（前歌集の）

跋文にも『これらのうた世に問はんとて作りたるものにあらず』と書いてゐる。——それでも自分にとつては小説や評論の集をだすのとはちがつて、何か心にあたたかく親しいものがある。——」と。

中河は大正十二（一九二三）年三月に村野次郎と「香蘭」を創刊する。

ぶらまんく《ブラマンク》　まちす《マチス》　しやがある《シャガール》　ろうらんさん《ローランサン》　ぴかそ《ピカソ》　るのわる《ルノワール》を集めたりしか

大正十二年九月に関東大震災に遭遇する。

肩すりて逃げゆく人らおのおのに苦しきことは言はざりにけり

昭和十三（一九三八）年「日本評論」に発表した『天の夕顔』は、永井荷風の賞賛をえて、名作として今も読みつがれている。その抒情的、ロマン的な作風の芽ばえは短歌にあり、エピローグに似た思いが小説とは違う形で表現されている。小説の主人公龍口と中河の一途な思いが表白されている「再会」の歌をあげてみる。

生きの世ののぞみは君にかかはれり離れ住みつつかはることなき

君住むと思ふばかりにうちあぐるたよりの花火空にひびかふ
生きの世の君がめでたるこの花の空にひらきて消えゆきにけり
空に咲く夕顔の花も君ありて摘みたまふとき消ゆと思ほゆ

それにつづく「相聞」の歌。

ときわかずきこゆるものか汝が声は胸のふかどに住みてかなしも
逢ひたさの心おさへて家ちかく青穂はすごくその青き穂を
うつそみの命かたむけ恋しさのきはまる時しまへあともなし
魂まひて別れゐるものはるけさも死《しに》も二人を割《さ》きあへぬべし
雨もよひ夜舟さみしと思へかもわが膝におく汝《なれ》が真玉手

歌集『秘帖』が出たのは太平洋戦争中の昭和十八（一九四三）年二月。国を思いつつ、作家の憂いは増すばかりでその心中を歌に投げかけるしかない。

わがあさむ世のたれかれに心まげてもの言はんよは戒《つつし》みゐむ
今の世におのれをまげて言はんよは言ふべき筆を折るにししかず

かへりみてくやしと思ふたどきなり心にそまぬもの書きにつつ
まどしきはいよよまどしく富みたるはいよよ富みゆく世となりにけり

世を憂い〝君〟を思いて中河は書きつづける。

国のためたふるる人のあひつげりたふれし人と君を思はむ
寝て思《も》へば世はことごとくやすからず蠅のつるむもうつそみなれば

二十七　叫ばむとして——宇佐見英治

「黒の会」や「同時代」というサロン、雑誌にひととき触れた時期があった。純粋な芸術、文学を指向したこれらに関わった一人に宇佐見英治がいた。何度かお会いし、その高雅なふんいきをもつ壮年の紳士は、矢内原伊作やジャコメッティーなどと交流するなど幅広い領域の知性をのぞかせていた。
宇佐見は仏文学者であり、詩人でもあるが、歌集『海に叫ばむ』も出している。一兵士として南方戦線に従軍した二十五歳から二十七歳の間に詠んだ歌である。戦後五十年経って、当時作った歌をまとめて世に残そうとした。それは生き残った者の心の重さを解きほぐすと同時に未来への平和を希求する迸る叫びでもあった。

胸のうちに抑へたまれるこの思ひ血を吐くごとく海に叫ばむ

戦争は、温厚で学者肌の人間でも容赦なく駆り出され有無を言わせず外地の戦場へと連れ去っていく。南方とは、シンガポール、マレー、タイなどである。

印度洋椰子の林に砲据ゑぬ海の空行く月光迅し
黒髪をふりみだしつつ狂女来て椰子の月夜は冴えふかみけり
月光に面照されつつ眠るまも僚《とも》ら死にゆく戦はやまず

戦場は死と一体である。死を覚悟した詩人によって残された歌が、己の生の証として、のちの世に叫ぶであろうことを願わずにはいられない。

血を浴びて死にたほれたるつちのうへわが歌の書《ふみ》うたごゑあげむ
おのがいのち骨屑となりこの山の土となる日をうべなひにけり
桃の花匂へるをとめ夢見つつふるるすべなきひとをかなしむ

敗戦前の昭和二十（一九四五）年四月、戦地でコレラに罹り、一命を取り止めた宇佐見は、その過酷な時代と、生き残った幸運とを噛み締めたに違いない。

死にゆかむいのちを耐へてふたたびを光の朝に目覚めけるかも
たまきはるいのち絶ゆともわが意識まざまざ見据ゑ見究め死なむ
コレラ患者すべて死すとも生き死にの境見たしと気を張りつめぬ

宇佐見は、これらの歌を南方から帰還の米軍の輸送船の中で、当時を思い出し、記憶を辿って書き残した。のちに宇佐見は、散文と違って短歌は、過去を記憶し、表現できる詩型だと言い、千数百年の連綿たる歴史があって、それを通して生きてきた詩型だから、短歌や俳句は、そう簡単には亡びないとも言っている。

しかし宇佐見は戦後、詩歌を作らなかった。

「なぜ日本の詩歌だけが非人間的戦争謳歌に向かったかを究めねばならぬと思ったからである。そのためには集団的狂気に抵抗しうる知的で高貴な、明澄な日本語を築きあげること、詩よりもまず散文を確立すること、それが先決であると思われた」

「同時代」の発行は、敗戦から三年経った昭和二十三（一九四八）年だった。同人は、宗左近、矢内原伊作、安川定男ら八人で、その中心的同人が宇佐見英治だった。

平成十四（二〇〇二）年十二月、「同時代」第三次、第十三号に「追悼　宇佐見英治」が載った。その純真で一途な人柄を、長く親交のあった画家、野見山暁治らが書き残している。

「この雑誌の精神が、またジャーナリズムの読者受けを避け、清潔な仕事の発表の場としての立場を守っている」（中村真一郎）

山梨の清春白樺美術館が、ジャコメッティー展を開催したことがあった。その時、ジャコメッティーの講演をした宇佐見に会いに、中村真一郎らと駆け付けたことを思い出す。この時の写真が書斎にある。芸術とともに生きた詩人の孤高の姿である。

宇佐見は大正七（一九一八）年、大阪に生まれている。その顔は多彩であった。大学教授の他に多くの著作を残している。昭和三十三（一九五八）年に短編小説集『ピエールはどこにいる』（創元社）はじめ『縄文の幻想』『石を聴く』など。また草野心平主宰の「歴程」に加わり詩も作っている。ただ短歌の結社や歌人に近づいた形跡は無い。純粋に、心から迸る思いを歌だから出来る可能性に賭け一冊に纏めたのでは。

骸骨になりてまろやか世にいたり　　英治

二十八　残夢――徳富蘇峰

明治、大正、昭和を生きたジャーナリスト、言論人、徳富蘇峰は、文久三（一八六三）年、熊本に生まれた。新島襄がおこした同志社に入り、のちに上京し明治十九（一八八六）年に民友社を起こし「国民の友」を創刊した。明治二十三（一八九〇）年に「国民新聞」を創刊、のちに内閣に入り、貴族院議員となる。位階をきわめたが、戦後は国家主義を唱え、軍部に協力したなどで追放の身となる。しばらくの沈黙ののちに『近世日本国民史』全百巻など旺盛な執筆活動を開始し、生涯書きつづけた。日本の夜明けから敗戦までの間を彼なりの言論を張り、その厖大な著作をもって世間に問いつづけた人は珍しい。

明治十九年に処女作『将来の日本』で論壇に登場した蘇峰は、生涯日本という国と格闘し九十四年の生涯を閉じる。

「世上十首」の内の二首に、晩年の蘇峰の心境がのぞかれる。

捨てたるか捨てられたるかそは知らず我ただひとり我を語らむ

大海の中の小島にただ一人住める翁と我をしおもふ

戦後の昭和二十（一九四五）年十月、蘇峰は、このように書いている。「所謂る民主化の教育とは如何なるものであるか。日本人をして、日本人たるを忘れしむるの教育である。――米国人が米国を愛する如く、日本を愛するように教育せしむれば、尚忍ぶべしと雖《いえど》もそれはとても望まれない。――所謂る民主教育とするに於ては、如何なる無頼、放蕩、軽佻、浮薄の人間が出て来るべきか。これを思うだにも、寒心せざるを得ない」

そして「此頃十首」としてこう詠んでいる。

此頃は知らぬ存ぜぬばかりなり誰が戦さを初めたるやら

此頃は民主民主とわめき立て野良犬さへもミンシューと吠ゆ

此頃は国の行末思ひやり熱き涙の乾く間もなし

混乱の時代に、蘇峰なりに国と民衆に思いを寄せている。
昭和二十五（一九五〇）年、八十八歳の米寿の年に『残夢百首』が刊行される。最初の歌が、

何事も変り果てたる世の中に昔ながらの富士の神山

佐佐木信綱が序を寄せている。「明治時代に詠歌をものにせられしは当時、国民之友誌に寄稿せし縁を以て、予に示されたることあり――わがやまと言葉もて彫れたる――」と賛辞を寄せている。

子等は逝き妻また逝きてわれ一人淋しき秋の雲をながむる

家庭的には淋しい晩年であったが蘇峰は書くことを止めなかった。その『残夢百首』の中からあげてみる。

この頃は逢ひたい友の多けれどわけて逢ひたい新嶋先生
今更に恋ほしくもあるか大き帝明治の御代は恋ほしくもあるか
世は変り今は東湖も松陰も説く人あらず聴く人もあらず

今更に何をか云はむ今さらに何をかも云はむただもだをらむ
天地をとかすばかりの炎もて此世浄めむすべはあらじか
憂きことのつもれかしとは祈らねど拂ふ心もまたあらなくに
ゆくすゑを頼まむ人は誰ならむそのかみ語る友またあらず
移り行く世は皆我を忘れたり我もまた忘るわが生死を

『残夢百首』の最後の歌は、

よしあしは人に任せて五百年の後のさばきを待つべし吾は

時代に果した良し悪しはあるものの蘇峰個人は信念の人というべきかもしれない。九十歳で公職追放が解除され、この年に『近世日本国民史』百巻が完成する。昭和三十二（一九五七）年、もろもろの生前処理と成すべき事を仕上げた蘇峰は、熱海の晩晴草堂にて永眠する。墓碑に「百敗院泡沫頑蘇居士」と記した。

二十九　斜陽の女――太田静子

「こひしいひとの子を生み、育てることが私の道徳革命の完成なのでございます……」と太田静子は『あはれ　わが歌』の中で書いている。作家、太宰治の愛人として小説『斜陽』の日記提供者として知られる太田静子は若い頃から文学に興味をもつ女性だった。そして「新短歌」の歌人でもあった。昭和九（一九三四）年、口語歌集『衣裳の冬』（芸術教育社）を刊行している。

太宰との交際で生まれた太田治子は、自らの生い立ちを書いた『手記』（新潮社）を出版するなど、のちに作家として世に知られるようになる。この本の推薦の言葉の中で、川端康成は「異常な作家の子という運命は、あるいは受難となり、あるいは救済となり、また、それを誇りとして従い、それを悩みとしてたたかう……」と生い立ちの記の讃歌として好意的に書き残している。

また母、静子の『あはれ　わが歌』も壇一雄が序の中で「……運命が描く人ほど、私が熱愛するものはない。私は彼女の勇気と、彼女の身を以て描く人生を現代の気高い悲歌の一つに数へよう」と書き、太宰の死後、太田親子が文壇でも注目されていたことを物語る。

静子の短歌歴だが、若い頃、逗子八郎が主宰する口語自由律短歌誌「短歌と方法」に入会している。ここで宮崎信義と出会い、ともに誌上でせめぎ合う仲となったと、宮崎の「新短歌」を継いで口語短歌誌「未来山脈」を主宰する光本恵子は書いている。ここで宮崎と静子の接点があり、こう詠んでいる。

太田静子との結婚を勧めてくれた六条篤　環境が違い過ぎた　宮崎信義

（「未来山脈」平成二十年七月）

ここに出てくる六条篤とは、奈良の人で静子が短歌の師とした人である。環境が違うとは、静子が名家の出で、医者の娘、自分は一介の鉄道員だと謙遜している。六条がすすめた宮崎と結婚していたら、その後、静子は太宰と出会うこともなかったかもしれない。「新短歌」でつながった静子が、六条、宮崎の二人に残した印象は、若く清らかな文学少女としての面影だったと思われる。

静子は滋賀県の出身で、その後上京して、文学青年の弟と同居し、歌や創作などをしていたが結婚。一女をもうけるが早逝。そして離婚。その後、太宰と出会い、関係を深めていく。静子の文学的な感性が太宰を刺激したのか、静子の書いた「日記」に、小説家として興味を抱いたのか、単にデカダンな気持ちで近づいたのか、それは分らない。しかし静子は、ある一点静謐な目で太宰を見ていた。

なにも知らずについてきたんだねと遠い春の明け方あなたは優しく言った
世の常の人ではなく　愛はかなしくあなたはひとりの作家だった

昭和二十二（一九四七）年、太宰の子を出産する。

太宰は「この子は、私の、可愛い子で、いつでも父を誇って、すこやかに育つことを、念じている」と娘を認知した。

「私には、はじめからあなたの人格とか責任とかをあてにする気持はありませんでした。私のひとすじの恋の冒険の成就だけが問題でした。そうして、私のその思いが完成せられて、もういまでは私の胸のうちは、森の中の沼のように静かでございます。

私は、勝ったと思っています。マリヤが、たとえ夫の子でない子を生んでも、マリヤに輝く誇りがあったら、それは聖母子になるのでございます。私には道徳を平気で無視して、よい子を得たという満足があるのでございます」

と静子は、こう書いている。しかし太宰は翌年、愛人の山崎富栄と入水自殺する。

その後、静子と治子の親子は、太宰の愛人と遺児として、苦しい生活ながら、密着した親子関係を築いていく。

「しわしわ」とわらいかける子のこえがあたたかく伝わってくる
いつまでも一人でいては治子…お産が重い気がかりはそれだけ
戸籍に父のない子ととりのこされて私はのうさぎになったそれから二十八年

好きな人の子を生み、端然と運命を受け入れて生きた静子という女性のある種の強さ、けなげさを、太宰は愛したのかもしれない。

三十　草雲雀の人――立原道造

夢はいつもかへつて行つた　山の麓のさびしい村に
水引草に風が立ち
草ひばりのうたひやまない

「のちのおもひに」

しづまりかへつた午さがりの林道を

山の麓のさびしい村は、軽井沢の追分。私の住む軽井沢のごく普通の光景である。都会（立原は東京日本橋出身）の人立原が、さびれた追分の村に彼独自のメルヘンを抱き、青春の純な孤独と素朴さを見出し、詩情のエキスを掬い取った。だから、そこは現実の追分を通り過ぎた立原のさびしい村だった。周囲の爽雑物を振り払った立原が草雲雀となって歌う舞台となった。立原の抱く夢の原点がそこにあり、高原の清涼な風が吹き渡る、からっと晴れた五月の空だった。立原が死を前にして最後に希んだのは「五月の風をゼリーにして持って来てください」という追分を愛した彼らしい遺言だった。

何か思ひつめてた……ばかなばかな僕、今草にねて空を見てゐる

三木祥彦の名で「詩歌」に発表した歌。立原の文学的出発は短歌だった。それも当時、前田夕暮が活躍していた口語自由律短歌だった。歌に関わったのは十四歳から十七歳の若い頃で、「詩歌」時代は、昭和六（一九三一）年から一年足らずで詩に転ずる。その前に国漢の教師から北原白秋を知り、詩型への思いが芽ばえたのだろう。その後、萩原朔太郎を知り、追分で堀辰雄に出会うことになる。

若い立原は「校友会雑誌」「詩歌」同人誌「波止場」などに出詠し、歌会にも熱心に出席している。

また当時、流行ったエスペラントやローマ字短歌にも興味をもち「一高ローマ字会」の会員にもなっている。「向陵時報」や「校友会雑誌」にもローマ字短歌を投稿するが立原の文学的彷徨はつづく。

立原が次に向かったのは四行詩だった。三好達治との出会いで「詩歌」を退会し、四行詩に向かう。その間に、口語自由律短歌を青春の落し物のように歌い残していく。

青空は青空だけのもの。泣いても笑つてもくれやしない。すきとほつてる
小さくなつて飛んで行く、あの雲も――やつぱしさよならなのか
すきなもの、夜の青空――遠くから小馬に乗つて夢が来る！
山がとほい。山の間に、雲が行く。山の向うに山が、尾根が淡く。
昔の夢と思ひ出を頭の中の青いランプが照してゐる、ひとりぼつちの夜更
貝殻みたいな朝だな、明るい窓際で林檎を僕はかぢつてゐる
クレオン画の飛行船に乗つて、お魚みたいに時間が流れる！
草に寝て
いつとはなしに空を見き。

白き雲など浮かびたるかな。

しかし、それは〝物語〟の終りだった。夢であり別れであった。立原は追憶の中に歌や詩を珠玉の言葉に磨きあげて閉じこめた。

「――しあはせは　どこにある？／山のあちらの　あの青い空に　そして／その下の　ちひさな　見知らない村に――」（「草に寝て…」より）

「鮎の歌」の冒頭は「草まくら結びさだめむ方知らずならはぬ野辺の夢のかよひ路」（明日井集）があり「別れは、はなはだかなしかった。……」に始まり「美しい思ひ出だつた／みんな清らかなことばかりだつた／山もやさしかつたし　雲も笑つてゐた／小鳥たちは愛らしく歌つてゐた……」

だが立原の夢は変化する。

「――夢は　そのさきには　もうゆかない……夢は　真冬の追憶のうちに凍るであらう……」（「のちのおもひに」より）

昭和十（一九三五）年「ゆめみこ」に発表した立原の歌は伝統短歌への回帰とも思われる。

かたこひのあきのぬまべにぽつねんと、そらみてすわるみづひきのはな。

また「ゆめみこ」八号に最後の短歌を発表する。

　春わたる空の眺めに白雲の
　　はかなく旅にあらましものを

『萱草に寄す』を昭和十二（一九三七）年五月に、『暁と夕の詩』を十二月に出し、生前二冊の詩集を残して、永遠に鳴き続ける野雲雀になった。二十四歳だった。

異色歌人逍遥

一　紫式部

紫式部といえば『源氏物語』で有名な物語作者だが、歌人という別の顔もみのがせない。『源氏物語』が余りにも有名になりすぎて歌人としては評価されていない。私が、歌人としての紫式部に注目したのは『源氏物語』に挿入された七九三首の歌だった。

また式部の和歌は、『千載和歌集』や『新古今和歌集』など数々の勅撰集に入っている。

式部は、平安時代、権勢を振るった藤原一門の出だが、家系は傍流だった。しかし、歌をはじめ文事においては名を成す人を輩出している名門でもあった。

父、藤原為時の学問的薫陶を得て、その才を発揮していく式部は、物語（『源氏物語』）、日記（『紫式部日記』）、歌集（『紫式部集』）を残した当代一級の才女であった。

そんな式部に目を付けたのが、時の権力者、藤原道長だった。道長の娘、一条天皇の中宮になっていた彰子に仕えるようになった式部は、『源氏物語』の土台となった権力の座から、社会や人間を見据える立場を獲得することができた。

式部の個人的生涯は、決して幸せとはいえない。幼くして生母を失い、夫や弟との死別、父の地方への左遷など、人生の悲哀を味わっている。その式部の内面的葛藤こそ物語を書く大きな原動力となった。宮廷生活も又、人生の悲喜劇の舞台だった。

そんな式部を駆り立てたのが、文学的素養を生かして内的に自らを赤裸々に曝すことだった。それが物語であり日記であり、和歌だった。

式部は現実の狭い世界で、自らの世界を拡げ十全に生き切ろうとした女性ではなかったか。『源氏物語』の歌は、物語に仮託した式部の人生における吐露でもあったろう。

式部は、当時としては遅い二十七歳で、親子ほど年の違う藤原宣孝と結婚し、賢子（大弐三位）をもうけるが、二年半で宣孝を亡くす。この短かい結婚生活で男女関係の全てを体験したのだろう。

その後の式部は、未亡人として宮仕えをし、才能を生かした生活の中で、自らを物語の主人公として生きていくことになる。

『源氏物語』の主人公、光源氏が生涯において心に宿した女人、父帝の妃、藤壺との秘めたる関係を詠んだ歌。

見てもまた逢ふ夜まれなる夢のうちにやがてまぎるるわが身ともがな　光源氏

世がたりに人や伝へむたぐひなく憂き身をさめぬ夢になしても　藤壺

二人の禁断の愛は、哀しい結末への予感に満ちたもので、互いに果敢無《はかな》い夢とみなし、それは甘美な夢ではなく罪におののく苦しみにつながるものだった。母桐壺との死別、その母の面影を宿した藤壺の出家による別れ、光源氏の最初の愛を結ばれることのないものとすることによって、愛の放浪者としての光源氏を陰影深く描き出していく。女性らしく細やかで巧みな物語設定である。ただの好き者でないことで読者の共感を得る術を式部は知っていた。この物語作者としての才が細部に行き届いているところに『源氏物語』が後世に伝えられ残った所以であろう。また色づけとして輪廻転生などの仏教思想を背景に、もののあわれと人の世の儚さを華麗に筆にのせた。そして時代が変っても変らぬ男女の愛の形を現代の私達に突きつけてもいる。

光源氏は、葵の上と結婚しながら空蟬、夕顔、六条御息所と愛の遍歴を重ね、葵の上の死後、紫の上を実質上の妻として迎える。しかし、その立場は不安定なもので、結局、皇女女三の宮が源氏の正妻となり、紫の上は女として孤独な心を宿すに至る。

その他多くの女性との逢瀬を重ねる光源氏であったが、因果応報の世の譬《たとえ》に従って自らも不義の子を抱かざるをえない人生の悲哀を、式部は物語の結末にもっていくことで人の世のはかなさと哀しみを謳い上げた。

いくたりの女性と歌を交わしたが、最初にあげた藤壺との歌が、光源氏の生涯を象徴しているように思えてならない。

そして又、生涯の伴侶だった紫の上を失い、その人を悲しませた光源氏が、その喪失感に嘆き詠んだ歌につながってくる。

うき世にはゆき消えなむと思ひつつおもひの外になほぞほどふる

雪は消えるもの、身を消すと「ふる」「降る」「経る」を掛けて、紫の上が味わった人の世の哀しみを光源氏に重ねるところに、式部の物語構成の巧みさが、光を増してくる。

『紫式部日記』は三年間の私的日記だが、当時の才女、歌人などの辛辣な批評があって面白い。そこには、和泉式部、赤染衛門、清少納言ら女流への思いが綴られている。

『紫式部集』には百十余首が収められている。その中に道長らしい式部観が詠まれている。

すき物と名にし立てれば見る人の折らで過ぐるはあらじとぞ思ふ

そして式部は、自分の作品について、こう詠み残している。

誰か世にながらへて見む書きとめし跡は消えせぬ形見なれども

二　源実朝

源実朝は、鎌倉時代に生きた征夷大将軍であり、れっきとした源氏の棟梁であった。源頼朝、頼家に続く三代目の将軍であり、武門の最高権力者の座にあった。その実朝が、兄頼家の子公暁に、二十八歳の若さで殺されてしまうという不幸な事件は何故おこったのか。それは歴史家などの探索材料として、未だに語られることが多い。

そして又、実朝が有名なのは歌人としての顔である。

武力を重んじる源氏一族の頂点にあって、京の雅びな和歌の世界に傾倒していく実朝は、特に権力を掌握している人々にとっては異質な存在として映ったに違いない。

若い時から、血で血を洗う抗争を見てきた実朝は又、次々と滅びていく同族の悲運をみるにつけ、権力の座の儚さを心の隅に宿したとしてもおかしくない。まして、権力そのものが、自分以外のどこかに握られていたとすると、ただの操り人形にすぎない。とすると自分の生きている証は何なのか、実朝はそう考えただろう。

歌に自らの思いを託すことによって本然に生ききることが出来るのではないか、若い実朝がそう思ったとしても不思議ではない。聡明な将軍だったのだろう。そうでなければ苦悩することも、周囲の反対を押し切って京から嫁をとり、次々と官位を望むはずもない。

だが、軟弱になった平家を倒した武人集団である源氏一族にとって、文人は必要としない。頼朝の例をみるまでもなく、鎌倉から動くことなく武力で京を制圧したように、京になびくのではなく、あくまでも天下に号令をかけられる実力を持つ将軍が必要だった。

そのことに実朝が気づかないはずはない。邪魔とあれば身内でも平然と抹殺する権力中枢にあるものの恐ろしさを実朝は知っている。だから自らに死を予感し、そこからの脱出を計ろうと、宋への渡航を試みたりする。しかし、この計画は挫折する。船が浮かばなかったのである。

当時の造船技術で海に浮かばない船というのは怪しい。そこに行かせたくない勢力の謀略を感じる。この挫折は、より一層自らの置かれた立場を知らしめ、逃れられない運命の鎖を断ち切ることの難しさを実朝に教えただろう。

将軍の孤独は深いものがあったに違いない。和歌は唯一、自分を主張でき、思いを仮託できる器として実朝の心を捉えたと推察できる。でなければ、短い年月の中で、あれほどの歌を残しはしない。

十八歳で、師事する藤原定家も舌をまくほど歌人としての才能を発揮していく実朝は、源氏一族が入ってこられない別の世界をつくりあげていった。だが、武門の棟梁としては許されることではなかった。あえて押し通したところに実朝の若さと諦念があった。権力の座を降りることも譲ることも出来ない立場で実朝は歌を詠んだ。

大海の磯もとどろに寄する波割れて砕けて裂けて散るかも

有名な歌である。まるで自分の運命を予感しているような、凄まじさがある。波の様相が問題で、ただ散るのではなく、「割れて、砕けて、裂けて」散るのである。この繰り返しが凄まじいのである。

実朝が手本としたのは、『新古今和歌集』で、藤原定家らが撰者で、後鳥羽院が親撰している。その後鳥羽院のいとこにあたる女性を妻にし、武門の妻を避けている。そんな関係もあり、雅びな京文化に魅かれていったのは、血なまぐさい政《まつりごと》の世界からいっときでも目をそらしたかった実朝の心の闇も見えてくる。

実朝の歌の多くは本歌取りを踏襲し、そのことで、より深い歌の世界に入っていくことになる。何故なら『万葉集』『古今和歌集』など古典、古歌の勉強が必要になるからで、本歌をしのぐものでなければ秀歌とはいえないからだ。

『新古今和歌集』には、父頼朝の歌も載っている。そんなことで『新古今和歌集』には親しみがある。父との血がここで繋がったと思っただろう。頼朝には文人としての繊細な血があった。でも発揮されたのは政においてであった。その頼朝の歌。

夏の夜はただ一声にほととぎす明石の浦にほのめきぬらむ

実朝は、後に『金槐和歌集』に六六三首の歌を収めた。その中の本歌取りの歌。

わが心いかにせよとか山吹のうつろふ花に嵐たつらむ　実朝
わが心いかにせよとて時鳥雲間の月の影に鳴くらむ　『新古今和歌集』藤原俊成

小夜ふけて蓮の浮葉の露のうへに玉と見るまでやどる月影　実朝
さを鹿の朝立つ小野の秋萩に玉と見るまで置ける白露　『新古今和歌集』大伴家持

年ごとの秋の別れはあまたあれど今日の暮るるぞ侘しかりける　実朝
もろともに泣きて留めよきりぎりす秋の別れは惜しくやはあらぬ　『古今和歌集』藤原兼茂

実朝の周囲を見渡せば、死の匂いばかりである。父頼朝の不審死、兄頼家と子も謀殺、つらなる比企一族も滅ぼされる。姉大姫は、許嫁である木曽義仲の長子義高を殺され、それを苦にして廃人同然となり死ぬ。元々の御家人である畠山一族も、実朝が頼りにしていた宿老の和田義盛一族も滅ぼされてしまう。母政子の実家である北条一族の専横を、なすすべもなく見守るしかない実朝の心は、次第に病んでいく。病がちになることが『吾妻鏡』に出てくる。その罪は、将軍である自分にある。自分を責めるしかない実朝のこころに死後の世界が鮮やかに見えてくる。

炎のみ虚空に満てる阿鼻地獄ゆくへもなしといふもはかなし

実朝は、建保七（一二一九）年十二月に右大臣になり、そのわずか一カ月も経たない一月に鶴ケ岡八幡宮で殺されている。残された実朝の歌は、どこか侘しい。

浮き沈みはては泡とぞなりぬべき瀬々の岩波身をくだきつつ
うつせみの世は夢なれや桜花咲きては散りぬあはれいつまで

八幡宮に出掛ける前、実朝は歌を残したという。『吾妻鏡』にあるが真偽は分からない。

出でていなば主なき宿となりぬとも軒端の梅よ春を忘るな

三　樋口一葉

　肖像画が五千円札になったことで、一躍時の人となった樋口一葉の顔をしみじみと見た。一生貧乏暮らしをした一葉がお札になるのは些か皮肉だが、まさか自分の顔が全国にばらまかれるとは思っていなかっただろう。一葉の顔は昭和二十六（一九五一）年に記念切手になっているから二度目の世間へのお披露目である。そのどれも一葉の顔は同じである。

　写真ではなく、肖像画のほうが一葉の顔として定着しているため、実像のように思われている。数枚の写真が残されているので実像に近いだろうが、肖像画は作者の思いが多少なりとも反映しているから全てが実像とはならない。

　肖像画を見ると、二十代の女性にしては地味で老けている。芯の強さも感じられ、なかなか端正な面立ちである。いかにも明治の女という厳しさを漂わせて、華やかさはないものの老成した美しさがある。

　若くして一家を背負っていかなければならない樋口家の戸主として、生涯通して貧乏暮らしから抜けられなかったことを思えば、厳しく暗い顔も頷ける。まして明治前期を生きた女性の立場を思えば、自立することの難しさは計り難い。

一葉の文学的出発が、良家の子女が通う萩の舎という歌塾であったことが、その後の進路を定めただろう。裕福な子女たちが、教養の一つとして和歌を学ぶのは当時としてはごく普通のことで、貧乏士族の娘である一葉も父に連れられて入門するまでは良かった。

ここで一葉は背伸びして、その世界に入っていかざるを得ず、より才能を発揮しなければ、皆とのバランスが取れない。そんな中で一葉は、萩の舎の中島歌子の指導の下で忠実に伝統和歌の世界を身に付けていった。後の小説の文体は、ここでの和歌の修行がなかったら獲得できなかっただろう。

明治五（一八七二）年に東京で生まれた一葉は、十一歳で小学校高等科を出て、萩の舎で修行をする以外は全て独学だった。

小説は、「東京朝日新聞」の専属作家だった半井桃水の指導と引回しを受けたが、それは短い期間だった。これは一葉が小説で身を立てたいという志の表れで、生活上の理由もあった。

萩の舎の一葉は、歌会の競詠などで良い成績を修めていく。

当時の一葉の歌。

朝ぼらけ誰のぼりけむあしびきの山路の霜にあとのみゆるは

しのすだれうごかすほどの風もなし雪しづかなる朝ぼらけかな

歌人樋口なつ子は、歌人仲間と自分との生活上の隔絶を体験しながらも、歌の世界で己を開放してみせた。しかし、若い一葉には、後に描いた底辺の女の哀しみまではまだ思い及ばず、ただ負けじとついていく健気な姿だけがあった。その歌会での秀歌。

なすこともあらぬにはあらずありながら暮らしわづらふ梅雨《さみだれ》の空
打ちまねく尾花のそでにひかれ来て花のの露にぬれぬ日もなし
又さらに植そへてまし菊の花ちよをむさぼる心ならねど

萩の舎入門当時は、まだ父則義も存命で、一応の生活をしていた一葉も、父の病から死を経てからは、暮らしに行き詰まるようになっていく。母や妹を養わなければならない戸主としての立場がのしかかってくる。

当時の女性が仕事とした裁縫、内職などは、目の悪い一葉には向かず、下働きはプライドが許さず、結局筆で立つより自立する道はないと悟った一葉は、何とか職業作家への道はないか模索するようになる。半井桃水を師としたのも、世間が望む文体を得るためで、桃水を通して文筆の道を開きたかったためである。

しかし、うまくいかず、桃水を離れて、当時活躍していた歌人仲間の田辺花圃のように一流文芸誌への発表を希むようになる。だが、これもうまくいかず、実業でしか生活を支えることが出来ないと悟った一葉は、下谷龍泉寺に移って、雑貨屋兼駄菓子屋のような商いを始める。

「かつや文学は、糊口の為になすべき物ならず。おもひの馳するままに、こころの趣くままにこそ筆はとらめ。いでや是れより糊口的文学の道をかへて、うきよを十露盤《そろばん》の玉の汗に商ひといふ事はじめばや」

日記にこのように書いた決意の下で、一葉は新しい生活に活路を見いだそうとした。

しかし、ここでの生活も決して順調ではなかったが、文学的には、得たものは大きかった。下町の庶民の暮らしをつぶさに見ることになり、自分の置かれた本当の姿を否応なく体験することになる。このことが、後の小説にリアリティをもって描写される大事な生活体験となるのである。

だが生活の苦しさは変わらず、借金を繰り返すことで支えるしかなかった。

生活苦は一葉の心をズタズタに引き裂き、その心の闇を抱えながらも書くことを止めなかったのは、上流階級から下層階級までを見た一葉の上昇志向があったからで、自らの才を恃んでいたこともあったろう。

「奇跡の一年」を生んだのは、そんな一葉の蓄積したものが一気に噴き出したもので、自らの生の限界を、ある時に予知した結果のように思われる。死ぬ一年前あたりから、迸るように『大つごもり』『たけくらべ』『にごりえ』『十三夜』の名作を書き残した。

この間に文学者たちが寄り集まってくるが、一葉の心は冷めていた。今まで見向きもしなかった人たちが、少し名声が上がってきたからといって群がってくることに虚無の目を向けている。

鷗外の好意的な『たけくらべ』評で、世間に一葉の名が知れるようになっても、最後の日記に、こう書き残している。

「――一時の光をはなつとも、空しき名のみ、仇なるこゑのみ――何かは今更の世評沙汰」

その一葉の暮らしぶりを日記から拾ってみると、生活苦と闘った日々の健気さが伝わってきて胸を打つ。

「此月をいかさまにしておくらん　あはれよねもなし　こがねなど更に得べき望みもあらず　身の職とても　わづかに筆とりて　ものかくよりほかはならず　それとて一紙何ほどにかあたひせん　日々にかうべをなやまして　よみ出る歌どもにさへ　われながらよろしとうなづくもあらねば　まして人の見るめはいかならん　売文の徒とか人のいやしかる物からこれをこがねにかへらるるならば　われは親の為妹の為　はた我が衣食のため　更にいとはじ」

この月とは明治二十八（一八九五）年のこと。亡くなる一年前まで、一葉は生活の心配をしていた。家族の為に売文家といわれても、お金になれば自分は書くのだと言っている。

うつせみのよにすねものといふなるはつま子もたぬをいふにや有らん

一葉は、世間が自分を見る目を冷静に忖度し、そんな自分に誠をあらわす人は無いといい、「おろかやわれをすね物（者）といふ」と「をかしの人ごとよな」と世間を逆におかしんでいる。

「明治の清少といひ女西鶴といひ――何事ぞや身は小官吏の乙娘に生れて手芸つたはらず文学に縁とほく　わづかに萩の舎の流れの末をくめりとも夜々の引まどの烟こころにかかりて――」と日記に書いた一葉は、すべて世の中は「をかし」と結んでいる。

一葉の生前に公に発表された歌は少ないが、明治二十八年十月に「毎日新聞」に「恋」と題して載った歌がある。

かくばかり恋しきものか春がすみ立てても居てもおもかげに見ゆ

そして亡くなる三カ月前「知徳会雑誌」に八首載る。その一首。

なく蟬のこゑかしましき木がくれにさく口なしの花もありけり

明治二十九（一八九六）年十一月、病のため二十四歳の若さでこの世を去る。

四　只野真葛

滝沢馬琴が、当時、注目した女性がいた。

その人は、只野真葛《ただのまくず》で和歌、日記、随筆、物語、紀行文などを残した江戸時代後期の女流文学者であった。

馬琴は、兎園小説の中の「真葛のおうな」の書き出しで、「真葛は才女なり。江戸の人、工藤氏、名を綾子といふ……」と書き残している。

只野真葛（一七六三―一八二五）と馬琴との関係は、真葛の妹（尼）を介してということもあり、また真葛の住んでいる仙台と江戸の距離的な遠さもあって、出会いから一年で絶縁という不幸な結果に終っている。馬琴が、真葛の才能を認めていながら、何故そうなったかはいろいろ考えられるが、儒教的見解で頑迷な馬琴と、当時としては女性の枠を超えた進歩的ともいえる真葛との出会いは、如何ともしがたい肌合いの違いがあった。己の才を馬琴に託したところに真葛の不幸があったともいえるだろう。

真葛は、自著『独考《ひとりかんがえ》』出版の労を馬琴に取ってもらいたかった。当代一の作家である馬琴には、その力があると見込んでのことだったろう。しかし、この『独考』に書かれていることは、馬琴が最も避けていた政治、経済から、広い分野における真葛独自な批判が多く含まれていて、その臆面もない切れ味の鋭さに馬琴は感興を削がれてしまった。

しかし、絶縁した後の馬琴は、真葛の才を長く忘れずに胸底深く蔵っておいたのだろう、のちに「真葛のおうな」の一文を書き、真葛を偲び、その才を高く評価している。だが、真葛は、この時すでにこの世を去っていた。しかし、それが後世に伝えられたことで、真葛の思いは達せられたことになる。『独考』は今、我々が読むことが出来るからである。

真葛が『独考』を書き上げたのは、文化十四（一八一七）年、五十五歳の時だった。

真葛と馬琴との交流は、文通のみであった。真葛は、自分の書いたものを馬琴にみてもらいたいと、江戸にいる妹に託し、馬琴の自宅に届けてもらう。その文に、馬琴は激怒する。

「文の書きざま尊大にて、馬琴様、みちのく真葛とのみありて、宿所などは定かにしらせず……」と大作家馬琴は、小娘にでもなめられたような気分になったのだろう。そのことを指摘された真葛は、すぐに釈明の手紙を書き、滝沢解大人先生様御もとへと持ち上げている。（解は馬琴の本名）その真葛の素直さに、「おもはず涙……」と馬琴も心を許すことになる。

真葛は、心ならずも馬琴にへりくだり、仕事に忙しい馬琴に、わたしのようなもののために煩わせてはいないでしょうかと文に書いた。馬琴は、そんな真葛の才と従順な態度に、まんざらでもない様子が、返信の歌にうかがえる。

我宿の花さくころもみちのくの風の便りはいとはざりけり

それに答えた真葛の歌。

あやまたず君につげなん帰る雁霞がくれにことづてしふみ

こんなやり取りがあったにも関わらず、突然に馬琴から絶縁状が送られてくる。

「……かかれば御交りを是を限りとおぼし召されよ」

真葛の『独考』に対して、馬琴は「独考論」を書き、章ごとに詳しい批判を展開した。『独考』は題の通り、真葛が自らの考えを綴ったもので、正直、率直な思索の文章であった。しかし、そこには馬琴が遠ざけているご政道に関する批判などもあり、真葛の第一印象である高慢ぶりをより濃くするものであった。人一倍政との関わり、人とのまじわりに注意し、己の作への執念を持ちつづけた作家としての馬琴にとって、真葛の才を認めこそすれ、これ以上関わることを避けたのは、馬琴独自の処世の一つだったのだろう。

余程、真葛の『独考』が、馬琴の気持ちを高じさせたのだろう。そうでなければ、二十日間もかけて、「真葛のもとめに応じて、その瑕疵を弁ぜしもの二巻」と真葛の文章よりも多く書くことはなかっただろう。

馬琴は、真葛の『独考』と自分の「独考論」を世に出すべきものでなく、秘するものだと言っている。忙しいことを理由に真葛を避けていた、余り他人に頓着しない馬琴が、二十日間もかけて詳細な反論、批判の文章をつづったことは稀有なことである。それだけ真葛に対して心の傾くことがあったに違いなく、良くとれば当時の厳しい改革の嵐に真葛を晒すのを危惧した馬琴の温情だったのかもしれない。

それにしても、馬琴の「独考論」から透けて見えてくるのは、当時の女性が世の規範を超えることに対する厳しい対応が目につく。馬琴が自らに課している儒教的な枠から必死に出まいとしているようにも受け取れる。本心は、どこかで真葛の才を惜しむ心が潜んでいて、その反動のように意地悪く弱いところを突っ付いているかのようだ。

「このまくずの老女は、婦女子にはいとにげなき経済のうへを論ぜしは、紫女、清女にも立ちまさりて、男だましひあるものにて、その才もすぐれたり……」

と書き、真葛の文章の良いところも指摘している。真葛は『独考』の中で、紫式部の『源氏物語』にふれ、「……紫式部の君のあやなされし、光源氏の物語に次文なし。……されば女たりともなどか心をおこさざらめや」と書き『源氏物語』に次ぐ物語を書く気を起こさないでいられようかと自らもその気持ちをもっていたことを匂わせている。そんな真葛に、先の馬琴の評は、いっとき心を慰めたに違いない。

「素よりいたく癇症にて、尊大の癖有りけるを、おのれしばしば諫めもし、物にもいささか書きつけつ、高慢の鼻をおさへしことあり。今さらおもへば、大人気なかりき。……」

こう書いた馬琴であったが、国学批判などを臆せず書く真葛の態度が癪にさわったことは事実で、だが大人気なさを反省していることは、さすが馬琴だと思える。

馬琴の「独考論」を読んだ真葛はどう思っただろう。馬琴に冷たくあしらわれた真葛の落胆は大きかったに違いない。その後の文通が途絶えたので、真葛の消息は分からない。

真葛は、いっさい沈黙したように見えるが、心の中で、馬琴の真意をくみ取ったかもしれない。女性が思ったことを口に出し、好きなことを書ける時代が来ることを願い、早く生まれすぎた自分を悔しく思ったことだろう。

出版の夢は、馬琴の拒絶にあって叶わなかったが、馬琴の真葛に対する文章「真葛のおうな」「独考論」は残り、のちの真葛研究の貴重な資料となっている。

仙台にいる寡婦の身で、世に出たいという強い自負心をもった真葛が、生前にその思いを達することが出来なかったことは残念だが、馬琴に関わったことで、後の世で著作が紹介され、知られるようになったことで真葛の目的は達せられたと言っていい。
真葛は、仙台で六十三歳の生涯を終えた。

光ある身こそくるしき思ひなれ世にあらはれん時を待つ間は

まさにこの歌こそ真葛その人を歌っている。

真葛は、幼い頃から一流の文化人との交流があった父工藤平助の影響で、和歌をはじめ文章の才を磨いていた。父の薫陶をうけた真葛は、後に仙台藩士只野伊賀行義《つらよし》に嫁ぎ、夫の理解もあり、執筆活動は続けることが出来た。当時の女性としては恵まれた環境にあったといえる。真葛は、父、兄らを失い、工藤一族が世に消えることを残念に思い、男なら一家を立てる志をもてるが、嫁いだ女の身で出来ることは、著作を世に出すことしかないと考えたのだろう。

真葛の著作は五冊。『独考』二巻、『奥州ばなし』、『磯づたひ』、『不問がたり』、『七くさ』、『昔ばなし』。この中で馬琴が出版してもいいと認めたのは、真葛が望んだ『独考』でなく『磯づたひ』だった。今でいう伝承文芸のたぐいだった。馬琴は柳田国男が開拓した民俗学の先駆者でもあったから、民間伝承には興味をもっていた。

馬琴は六十六歳の時に、真葛とのことを、こう書き残している。

「……ひととせばかりこととはれしは、いともあやしきすくせにぞ有りける」と。

真葛の歌は伝統和歌で、かなりの歌を詠んでいるので、一部をここにあげておく。

はとときすここにかたらへひとりゐは夏の夜すらもみじかからぬを
八千草のあらそふ秋はのどけくてひとりさかえを見する菊かな
はるかぜのちらすさくらの花ならでねなきうき名の空にたちぬる
是やこの常世のくにの花ならししぼまずかれず色もかはらぬ
かきおこす人しなければつれなくも下にこがるる閨の埋火
里馴るる山ほととぎす故郷に行きもかよはばわぶと告げなん
音に立ててつくつくうしと鳴く蟬も我にまさりて物は思はじ
月草は秋をわすれず匂へども見すべき人のなきぞかなしき
声立てて妻呼ぶきじも春の野にひとりあさるや侘びしかるらん
五月雨は降る日降らぬ日ありといへどわが衣手のぬれぬ日ぞなき
つらなりてあまぢを渡る雁がねも独有る身はうらやまれけり

往にし年あや瀬の河のかはかみを見しぞ別れのはじめなりける
梅が香を一夜はとめんたびごろもたがためにほふ花としらねど
時しらぬ夢のふじの嶺いつみてもはるのはじめのここちこそすれ
つみためしわか菜をいれむ鶯よ歌袋あらば明てかさなむ

『只野真葛集』歌文拾遺より

五　本居宣長

我が家の書斎の壁に鈴が掛かっている。この鈴は、松坂の本居宣長記念館から買ってきたもので、小さな鈴が赤い緒に三十六ついている。三十六歌仙に因んだといわれる掛鈴である。これを揺すると閑かで優雅な音がそよそよと響く。宣長は、勉学に疲れると、この鈴を振って心身を癒した。

私も真似て、鈴を時々振るのだが、余りに音が上品すぎて、音の洪水の中で暮らしている現代人にはインパクトが弱すぎるように思えた。強力な音でないと脳を刺激してくれない。眠気も醒めない。

宣長は鈴の音が好きだった。だから二階の簡素な四畳半の書斎を鈴屋《すずのや》と呼んだ。

数年前に私は、復元された記念館の狭い書斎に立って、窓から宣長一家の暮らした住居の静かな佇まいを眺めていた。江戸時代中期の国学者として有名な宣長と医者、歌人としての顔に思いを巡らせた。

私達が目にする宣長は、自らが描いた六十一歳の自画像と、そこに添えられた一首の歌で知られている。

自画像は四十四歳の時にも描いている。絵もなかなかの腕である。その姿は医者風でもあり学者風でもあり、端正な風貌をしている。

しき嶋のやまとこころを人とはば朝日ににほふ山さくら花

宣長は桜も好きだった。宣長のみならず日本人のＤＮＡには、桜好きがずっと血の中に蓄えられているのだろう。お花見に、その習慣が延々と受け継がれている。その代表歌というべきが先の歌だ。

宣長が生まれたのは伊勢の国松坂で、享保十五（一七三〇）年のことだった。家は木綿商家であった。跡継ぎだったが、宣長は商人には向いていず、母は医者になるよう京に送り出す。五年間の京都遊学で学びもしたが遊興にも溺れ、風塵に迷った青春時代を送った。

和歌は、若い頃より学び、添削を受けたりしていた。後に歌論『石上私淑言《いそのかみのささめごと》』などを著し、歌学をうちたてている。また『源氏物語』を研究し、基本とした『源氏物語』を読み取り「紫文要領」などに書き残している。

松坂に帰って医者になった宣長は、賀茂真淵を知り、傾倒する。古学の研究は、真淵の影響が大きい。この真淵との出会いによって、後に『古事記伝』を著すことになる。歌も真淵の添削を受けている。

宣長が『古事記伝』に生涯を賭けて取り組んだと同じように、歌も十九歳から詠み続けた。『鈴屋集』『石上稿』を中心に、その歌数万首ともいわれている。

三十五年の歳月をかけた『古事記伝』が完成したときの歌。

古事《ふるごと》の記《ふみ》をらよめばいにしへのてぶりことごとひき見るごとし

歌の師とした真淵と、歌において必ずしも考え方が同じではなかった。だから衝突することもあった。だが、その交流は真淵の存命中、生涯続いた。宣長の学問に対する真摯な態度と熱意に、師の真淵が大いに共鳴したからでもあったろう。膨大な宣長の歌の中から『鈴屋集』八之巻より選んでみる。

春歌
行川の水はしづけき春風にこずゑ波よるきしの青柳
山見ればここもかしこもさかりにて心はよもにちるさくらかな
夏歌
ちりぬともちらで君まつ花もあらん心にちぎるみよしのの山
ふく風はいとはるるまで涼しさの袂にあまる夏の月かげ
秋歌
よるは又月に花見る秋の野の花に月見るつゆのさやけさ
くるしとも思はでぞゐるもみぢ葉に染し心のふかき山路は
冬歌
くちのこる木陰のおち葉ふみ分けて人のなげきのもりの朝霜
窓の月さしいる影もさえしよのなごり身にしむ有明の空
恋歌
ひきとむる袖のわかれのやすらひに涙さきたつしののめの空

こひすれば袖にはふかぬ秋風の音にももろくちるなみだかな

雑歌

とりあへぬ旅にしあれば二つなき心のぬさを神はうけてよ

白妙のつるの毛衣たちぬひて千代をかさねてきなんとぞ思ふ

『鈴屋集』のはし書きは、後継者と目した宣長の長男本居春庭が書いている。のちに春庭は失明し、宣長を悲しませる。

「此かきつめたる歌どもは、吾家の翁のわかかりけるほどより、ここらの年ごろに、よみ出給へりしやちうたの中に、ことに書きとどめおかれたるなり……」

後書は、のちに宣長の学問の後継者となる養子の本居大平が書いている。

「わが翁いとわかかりしほどより、ふみ見ることと歌よむこととをなんこのみて、何となく物せられけるほどに、年月にそへていとどしく心にしみて、何わざよりもおもしろきことになんせられけるとぞ」

三十五年の歳月をかけて『古事記伝』を書き上げたことで宣長は、寛政十二（一八〇〇）年に遺言書を書き残す。その時の歌。

山室に千年の春のやどしめて風にしられぬ花をこそ見め

その一年後、宣長は病にて没する。七十二歳だった。

宣長の死後、後に門人となる国学者、平田篤胤の歌が、宣長の奥墓《おくつき》に建てられている。


なきがらは何処の土にならぬとも魂は翁のもとに往かなむ

なぜ宣長は、生涯をかけて多くの歌を詠んだのだろう。

それを宣長自身が書き残したものから察すると、

「古の世のくはしき意、風雅のおもむきはしりがたし……」

だから「学問するものは、なほさらよまではかなはぬわざ也……」

ということで、歌から得たものは大きかったに違いない。

古の道を知るだけでなく、人間本来の情と感性の基盤を歌に求め、歌に楽しみを見いだして自らも歌の世界にひたる。この風雅な醍醐味を、自ら歌うことによって、人々に知らしめたかったのかもしれない。それは、あくまでも古歌の上において遊ぶ、学問的領域の世界であったろう。

そのため、現在の我々が、宣長の歌に接するとき、和歌世界への律儀さともいうべき保守性を感じてしまうのだ。あくまでも古の雅びに身を寄せたもので、革新的であろうとしたわけではない。

歌は、宣長の学問を支えた冷たく清らかな水流だった気がする。

歌の師だった賀茂真淵が添削した宣長の歌がある。

うめの花いまだふふめる雪のうちにはるかたまけてうぐひすなくも

冬の題で詠まれたこの歌に対して、真淵は、こう書いている。

「こは春にていふことは也、又冬かけて鶯の鳴くことも常なれど、歌にはいまだ聞ず」

とある。また次ぎの歌にも結構辛辣な言葉が添えられている。

年別におもほゆるかもしろたへのそでのわかれはとほからなくに

「ことわりもことはもさる事なれど、調べぞわろき、人まろ、あか人なと、又は作者不知にも、いとこそよろしき調はあれ、万葉はえらみてとる事なり、鎌倉公のとられしこそよけれ」

柿本人麻呂や山部赤人、あるいは名の知れない歌人にもいい歌がある。いい歌は万葉だけではない。選んで学びなさい。源実朝の歌がいい例です。こう真淵は添削の中で書いている。これは、宣長の歌の本質を突いているといっていい。

最後に「もののあわれ」と美の象徴ともいうべき桜を歌った宣長の歌をあげておきたい。

みよし野はさくらのかぎりつみあげて山となしたる花ざかりかな

吉野山さくらは明日もちらすとも今日の盛りは又や見ざらん

六　高井鴻山

江戸時代後半に当たる文化三（一八〇六）年、信州小布施の豪商高井家の男子として生まれたのが高井三九郎（号を鴻山）だった。鴻山が生まれたこの時代、幕末の変革期に活躍する勝海舟（江戸）、多くの傑出した人々に影響を及ぼした佐久間象山（信州松代）も生まれている。

十五歳のとき鴻山は、京都に遊学して、儒学、書を学び、絵を佐伯岸駒、横山上龍につき、和歌を城戸千楯に教えを乞う。のちに岸駒の言により葛飾北斎を知り、その弟子となる。

小布施と北斎の縁は、この時より生じて、晩年の北斎が数度、小布施を訪れ、肉筆画、天井画などの作品を多く残す切っ掛けとなる。現在、小布施の北斎館にいけば、その作品を観ることができる。

鴻山は二十二歳のとき、再び京都に遊学する。そして漢詩文を梁川星巌の下で詩も研鑽する。在所が近い佐久間象山とともに禅学も学び、一流の文化人として、鴻山は成長していく。世情は外圧の波にさらされ、不穏な時代へと移っていくが、鴻山は勤皇の志厚く、朝廷や幕府に対して幾度かの献上、献金と援助の手を差し伸べている。

激動の時代、鴻山の思いは複雑で、のちに公武合体を唱えるが、世情には背を向けて、松平春嶽からの幕府出仕の依頼も断る。ただ教養人、鴻山としては黙ってやり過ごすほど鈍感な神経はもたなかったとみえて幕府に対する意見書などを提出し、日本の将来を危惧しつづけた。しかし、要請にもかかわらず一切の公職には就かず、外から大局に立って世の中の動きを見据えていた。

佐久間象山に思想的には同調しても、文化人であり商人である鴻山には近い未来が見えていたのではなかったのか。しかし、鴻山の思惑どおり、世の中は真っ直ぐ進むのではなく、遠い道のりを経ずしては理想に近づこうとしない。鴻山は、そのことで身を野においていたのではないだろうか。だが心の内では鬱々たるものがあったに違いなく、その思いが妖怪画という不可思議なものを鴻山に書かせたような気がする。今でも、その絵は多く残されている。

公武合体の件で鴻山も同道する予定だった京都行きに、佐久間象山は一人で上洛し、元治元（一八六四）年、京都で暗殺される。鴻山の危惧したように世の中は動乱の時代へと傾いていく。

北斎が八十九歳の小布施来訪時に描いたのは、鴻山の菩提寺である岩松院の天井画、「八方睨みの鳳凰図」で、勿論鴻山の依頼だった。弟子である鴻山も関わったと思われる。

これを仕上げた北斎は翌年の嘉永二（一八四九）年、江戸で没する。

世の中は、鴻山の思いと少しつつずれていき、鴻山は「幕府改革意見書」を出すが、将軍慶喜の大政奉還により幕府は崩壊し、明治新政府へと移っていく。

明治にかわって鴻山は六十三歳になっていた。新政府の出府要請を断り、「建白書」を新政府に出すなどして、直接的には相変わらず政に関わるのは避けていた。

しかし、時代が変わり教育が必要であることを実感した鴻山は、「県学の設立」を上申し、文部省出仕を承諾する。そして東京に私塾「高井学校」を設立する。のちに長野に義塾を開き、地域の文化の向上に尽力する。

小布施に帰った鴻山は、明治十六（一八八三）年、病に倒れ、七十八歳で没する。

時代の変革期に京都、江戸に学び、直接に世の情勢に触れていた鴻山は、自分の立場を守り、社会の理不尽さに背を向けて、商人としてやるべきことはやり、また一級の教養人として、文化面で社会に尽くす生涯を送った人だった。

そんな鴻山が和歌をどのように学んだのだろう。

京都で歌人の城戸千楯に学び始めた鴻山は、歌関連の多くの書物にふれていた。『万葉集』『古今和歌集』『源氏物語』『伊勢物語』などを読んでいた鴻山は、『古事記伝』を書いた本居宣長に心酔し、その言である「和歌をつくる体験でこそ理解できる」ということに思いを馳せ、和歌の実作を盛んにするようになる。

漢詩をつくっていた鴻山は、自然に和歌の道にも入っていったが、その和歌は自然や日常詠が多く、漢詩とのつくり分けをしていたようだ。また、狂歌、連歌、長歌、連句もつくり、その多才ぶりを発揮していた。

俳人の其角堂永機と連句「妖怪歌仙」をつくり、

青柳ハ芽をむき出して乱髪

などを詠む。

また狂歌では、

つねなればあだしうき世の常なるをなどつねなしと世をかこつらん

と詠んでいる。
では残された鴻山の歌を、紙幅の許す限りあげておく。

かくばかりなみ風あらき世の海を　かたはれ小舟わたりかねつる
をとめごが手業いそしむ糸車　いと寒き夜をしのびつつくる
花に問ひし人もいつしかあと絶えて　こころ静かに夏は来にけり
いくさ人幾多のかばねさらしなや　川中島のあと問ひて見ん
千曲川柳のみどりなかたちて　のぼる小舟の真帆しろく見ゆ
都人きても問ひなん長野なる　よしみつ寺の秋の夜の月
今はしもきえなんとするともし火の　をぐらき恋に身をあかすかな
かきおこす人しなければうづみ火の　身はうづもれて恋わたるらん
梅かほり日かげのどかになる頃は　老もわかやぐここちこそすれ
あはれなりよはのあらしにひるのかぜ　はかなくちりし山桜花
わすらるる身とは去らずてかた志がひ　片おもひなる恋もするかな
なかなかにかなしかりけりうきふしの　つもる我身の秋の夕ぐれ
咲くを待つ人しなければ散るもまた　惜しといは根の山さくら花

思はじと思ひすてても すてかねて 思ひいでつつなげくころかな
宵の間の嵐にちりしもみぢ葉の 上にふりしくけさのはつ雪
同じくは志にちらせもみぢ葉を そめぬあらしにまかせんはうし

七 賀茂真淵

元禄十（一六九七）年、遠江国（静岡県）の浜松に生まれた真淵は、その出自が賀茂社にゆかりのあることで歌人を多く輩出する環境にあった。

真淵は歌人としてよりは、歌学者、国学（古学）者、あるいは書家として知られる。特に『万葉集』研究、『源氏物語』の新釈などを執筆している。今でいえば文学博士であり生涯を学者として生きた人といえる。

和歌を論じたものとしては「歌意考」があり、万葉調を高く評価し、熱く説いている。

それは「歌意考」のこの一節によく表れている。

「――古今歌集の中に、よみ人しらずてふ歌こそ、万葉につづきたる、奈良人より、今の京（平安朝）の始までのあり。これをかの延喜のころのうたと、よくとなへくらべ見るにかれ（よみ人しらず）はことひろく、こころみやびやかにゆたけくして、万葉につなげるものの、しかもなだらかに、にほひやかなれば、まことに女の歌とすべし。いにしへは（万葉以前）ますらをはたけくををしきを、むねとすればうたもしかり。さるを古今歌集のころとなりては、男も女ぶりによみしかば、をとこ・おみなのわかちなくなりぬ。さらば女は、ただ古今歌集にて、たりなむといふべけれど、そは今少しくだち行《ゆき》たる世にて、人の心に巧《たくみ》おほく、ことにまことはうせて、歌をわざとしたれば、おのづからよろしからず、心にむつかしき事あり。いにしへの人のなほくして、心高く、みやびたるを、万葉に得て、後に古今歌集へ下りてまねぶべし――」

若き日に、歌文、漢学を学んだ真淵は、荷田春満《あずままろ》の門下となり、のちに江戸で歌文を教えるようになる。

延享三（一七四六）年に五十歳で田安宗武（将軍吉宗の二男）の和歌御用達として宝暦十（一七六〇）年まで十五年間仕えた。その間に多くの著作を書き残す。

多くの弟子たちは、真淵の万葉調、復古主義を引き継ぎ近世和歌の骨格を作っていった。その中には本居宣長や加藤千蔭らがいる。

六十歳で隠居し「県居《あがたい》」と名のり、歌会など催していた。

あがた居の芽生《ちふ》の露原かき分けて月見に来つる都人かも

私生活の真淵は、あまり恵まれなかったようで、最初の妻を十七歳という若さで亡くしている。

かなしさのあまりておもふうたたねの夢にもつげよ死出の山道

と歌っている。のちも次々と妻女を失う。

そんな中で、真淵は「恋の歌十五首」を作っている。その中の一首。

しののめの雲にあひぬと見し月の面かげばかり我に残して

晩年は、『万葉集』の研究を専らとし十二年間を要して『万葉考』全九巻を著し、「万葉の歌は、およそますらをの手ぶり也。――古今集の歌は、まはら手弱女《たをやめ》のすがた也」と書く。

歌の調べについては「古歌は調べを専らとせり。謡ふものなればなり」(『新学《にひまなび》』)

真淵は歌論を多く残している。『歌意考』『新学《にいまなび》』『国歌八論』などがある。その中の『歌意考』の「うたのこころのうち」で和歌の本義を熱く説いている。

「あはれあはれ、上つ代には、人の心ひたぶるに直《なほ》くなむありける」

つまり上代の人は、まことに純粋さをもっていたと真淵は言い、飾り気なく、率直に歌い、自然であったと振り返る。現在では、世の情勢もあるが、混乱し日本語が乱れていると指摘している。なんだか我々の現状にも思い至り、真淵の苦言に聞こえてくる。つまり上代の人は、自然の息で歌っていたから、リズムがあり、感動が素直であったというのだ。だからこそ真淵は、上代への復古を訴えたかったのだろう。

「歌はその時のすがたによりて詠む事ぞなぞといふ者は、私の心の甚だしきにぞ有りける」とも書いている。つまり、現代に合わせて歌を詠むなどという者は、独断も甚だしいと断じている。現代の歌人が聞いたら、ちょっと違和感をもつだろう。真淵が言うところの歌風の流れは、大和言葉を引き継ぐ日本古来への回帰であり、外来の言葉や思想の流入による乱れた日本語ではない。ということは、この時代にも言葉の乱れが感じられたということだろう。

『歌意考』の結びに、真淵はこう書く。

「――物は末より上を見れば、雲霞隔たりて明らかならず。その上へのぼらむ梯をだに得ば、いち早く高くのぼりて上を明らめて後に末を見よ。既に言ひし如く、高山より世間を見渡さむ如く一目に見ゆべし。もののこころも下《した》なる人上なる人の心は測り難く、上なる人、下なる人の心は測り易きが如し。よりて、まなびは上より下《クダ》すをよしとする事――」

これは一種の文明批評といえなくもない。歌論と言っていながら世の慣いと人間の学びの心得を説いてもいる。古い時代を学ぶことによって、今の時代を知り得るというのは歌に限らず、人の世の歴史も学問も同じことで、俯瞰できる立場にいるべきだということを真淵は言いたかったのだろう。

学者真淵から、現代の我々が受けとるべきものは、そのことのような気がする。

明和六（一七六九）年、真淵は七十三歳で亡くなる。現在県居神社の祭神となっている。

死後、門下の村田春海編で歌文と紀行の『賀茂翁家集』（文化三年、一八〇六）が刊行されている。

八　上田秋成

秋成の幼少時には複雑な家庭環境があった。享保十九（一七三四）年、大阪に生れた秋成の実父は、定かでない。母は、四歳の秋成を捨てたので、養父母に育てられる。だが、その養母も秋成五歳の時に死ぬ。のちに養父の後妻となった二人目の養母に育てられて少年期を過ごすという人生波瀾の幕開けだった。その間に疱瘡を患い、手の指が奇形になるなど病弱な幼少期だった。秋成は、心身ともに不条理の世界に飛び出したといえる。

青年になった秋成は、幼少期の鬱屈した思いを振り切るかのように放蕩三昧の生活を送るようになる。そんな中で俳句や歌に親しむようになり、徐々にその才を発揮する。のちに結婚して安定した秋成の作家生活が始まっていく。

『雨月物語』は秋成三十五歳に第一稿が出され、安永五（一七七六）年、四十三歳の時に五巻五冊が刊行される。その間、生活安定のために医術を学んで開業し、二足の草鞋をはく中で創作の意欲は充実していく。

小説、俳諧、和歌、国学、随筆など幅広い活躍をする傍ら当代一の文人、画家などとの交流でも知られるようになる。画家では長屋住みを一緒にしたことのある呉春（松村月渓）、池大雅、円山応挙、絵師でもあり俳人の与謝蕪村。国学では音韻などで論争をした国学者の本居宣長がいる。また大阪でサロンを開いた文人で商人だった、木村蒹葭堂とは頻繁に行き来し、彼の伝記を作るほどの仲だった。

秋成の歌は、文化三（一八〇六）年秋に刊行された『藤簍冊子』（大本六冊）があるが、その他にも多くの歌を詠んでいる。

又、賀茂真淵の『県居歌集』や加藤宇万伎の『しづ屋の歌集』の編集、刊行にも携わっている。江戸歌壇の人物として田安宗武をあげ、実朝とともに高く評価している。

歌集だけでなく、国学者として、国学関係の書も刊行し歌論なども執筆している。

晩年に書かれた『胆大小心録』は、秋成らしい毒舌ぶりを発揮したものだった。登場人物を容赦なく俎板にのせた。だが秋成の真骨頂は、やはり怪異小説といわれる物語の世界だろう。『雨月物語』『春雨物語』などの世界は、秋成独自の文学世界を築いていて、今でも影響は大である。若い頃の逆境の生い立ちの中から摑《つか》み取った強靭な精神の顕現だったろう。正統派である本居宣長との激論は、アウトロー的秋成の挑戦とも受け取れる。

平成二十一（二〇〇九）年に、上田秋成没後二百年となった。私の若い頃、秋成の小説に魅せられた者として秘かに心に刻んだ記念の年だった。平成二十（二〇〇八）年は『源氏物語』千年紀ということで世間に華々しい迎えられ方をしたのに対して秋成らしい静かな没後年だった。それでも平成二十二（二〇一〇）年の夏には京都国立博物館で秋成没後二百年記念展覧会が催された。また、この出版不況に新しい『上田秋成全集』が中央公論新社から刊行されている。このことからも秋成の潜在的なファンの多いことが分かる。

展覧会では、重要文化財、重要美術品など、秋成ゆかりの作品、関連絵画などが並んだ。秋成を取り巻く広範な人物交流を物語る、その多面的な秋成像が展示された。呉春の与謝蕪村像、その蕪村の筆による陶淵明像。重要美術品である円山応挙の「龍門図」、池大雅筆の重要文化財「五百羅漢図」などである。

その中に、秋成が六十八歳を迎えたことで六十八首を大阪市淀川区にある香具波志神社に奉納した自筆和歌短冊帳がある。幼ない頃から大病などの難を乗り越えて、長生きしたことへの感謝の歌である。

「献神和歌帖」の中の一首。

六十あまり八とせの齢つもりつゝ立居老せぬ春にあふかな

それでは秋成の歌集『藤簍冊子』『毎月集』などから歌をあげてみよう。

春歌

我こそは面かはりすれ春霞いつも生駒の山に立けり

夏歌

色にこそ物おもはすれおほけなく国傾けに咲る花かは

秋歌

天（の）河年にふか瀬をなげくてふ契かはらぬさがにこそあれ

冬歌

世の事は聞えぬ冬の山里にけふもしぐれの音づれぞする

恋歌

袖の露いまはしぐれもふるばかりまさるおもひぞかぎりしられぬ

雑歌

よしの山雲にまがへる花さけば花にもまがふ暁のくも

哀傷歌

世の中のさらぬわかれにをしからぬ老がいのちのすゑのすべなさ
ありわびぬ憂き身ながらの年月のけふより後を住む世いかなる

寛政二（一七九〇）年、五十七歳の秋成は、左眼を失明する不幸にみまわれる。そして妻を亡くした寛政九年の翌年には右眼の光りも失う。しかし、医者の治療の甲斐あって光りが戻る。文人として度重なる不幸の中でも執筆は相変わらず続けていた。この頃から、秋成は死を覚悟していた。墓をととのえ、柩まで用意して寺に託していた。没する文化六（一八〇九）年まで秋成の活躍は多岐にわたっている。その後の秋成の活動は、死ぬまでの覚悟の産物といえる。七十六歳の死だった。

こしの海は浪たかからし百船のわたりかしこき冬は来にけり
時雨には袖こそしぼれもみぢ葉よ風よりさきに我見はやさむ
時雨とてやどればはるる薄雲のなごりにさむき冬のゆふ影
なべて世の冬にこもれる宿ならばのどけき春の日影またまし
たつ名をばよそにおふせてかつ嘆くそれを便に人や恋よる
峯つくる雲より上に顕はれてあさま嶽にたつけぶり哉
かりわびぬ宿は昔の春ながら身にあき風のしむ心地して
身はおなじ家にありとも物思ふ心はいづちやどりかへてん
ことしはと思ひし事もいたづらにながるるものは月日なりけり
幻の人のゆくへをたづぬればおのが心にかへるなりけり

九　道元

谷川徹三の『生涯一書生』の一節に道元のことが書かれている。

「道元は、正治二（一二〇〇）年に源（久我《こが》）通親《みちちか》の庶子として生まれた。母は、関白藤原基房の女、伊子。伊子は十六歳にして木曽義仲に嫁したが、義仲の敗死により、半年に満たずして寡婦となり、それより十六年の後、通親の側室として道元を生んだのである。――」

先に、姉が通親に嫁いでいるのに、父基房の命により、朝廷に権力をもっていた通親に伊子は再縁させられる。

その後、文殊丸といった幼い道元は、三歳で父を失い（暗殺とも）、八歳で母も失う。道元の出生には、次々と暗い影が付きまとう。

母である伊子の運命も、父の権力欲の都合で、その時々の権力者に嫁がされるということで、決して幸せとは言えなかっただろう。その母の願いは、わが子が権力闘争に巻き込まれず、静かで安穏な人生を送らせたいということではなかったか。わが身に起こる運命の流転を考えると、伊子の思いは自然のことのように思われる。

伊子の遺言は、道元が出家することだった。道元が、母の思いどおりに僅か十三歳で出家を決意するのは、両親の運命を思えば、その心情が頷ける。

私は、木曽義仲の生涯を書いているので、その正室となった伊子のことを調べたことがあった。私の小説の最後は道元の出現で終わっている。何故か表舞台の歴史よりも、裏に流れる人間の運命に惹かれるものがあった。

義仲は道元と血のつながりこそないが、道元の母伊子との関係は深い縁があった。義仲が、義経らに攻められて最後の戦いを前に、伊子との別れに刻を重ね、遅れをとったため、二人の家来が切腹して諌めたと書いてある。それほど義仲に哀惜の情を感じさせた伊子が、義仲の死後、義仲の子を身籠もり、女の子を生んだことは余り知られていない。女の子だったから命を助けられたこともあるが、藤原家としては隠し育てざるをえなかっただろう。

義仲の血を受け継いだ女の子と父違いの道元とを思うと生まれながらにして複雑な人生を予想せざるをえない。

動乱の世の動きや人々の思惑の中で、道元が若い頃より出家しか自分を生かす道がないと思い決め、受け入れざるをえなかったことに納得がいく。

伊子の生んだ女の子は、鎌倉幕府二代将軍頼家の側室になり、やはり女の子を産む。その子は四代将軍頼経の正室となるが、出産時、男の子を産んで母子ともども死んでしまう。北条氏の陰謀説もある。ここで源氏の血は完全に絶たれてしまう。義仲を滅ぼした頼朝の血ではなく、義仲の血が最後まで続いたのは歴史の皮肉といえる。

道元の父通親は、政界でも貴族の中では注目された人物で、また当代一流の文人でもあった。父の死後、道元は異母兄の通具に育てられ、この人も又、定家と並ぶ歌人であり、『新古今和歌集』の撰者の一人でもあった。道元が歌を詠むのも環境からして自然のことだった。道元は後に母方の叔父良観を介して天台宗の公円について剃髪する。入宋するのは二十四歳のときで、五年後仏法を体得して帰朝する。

私は道元のことを書きたくて、多少の資料を集めたり、関係する書物を読んだりしたが、余りの学識の深さの前に頓挫せざるをえなかった。作家で友人の立松和平が長編の道元を書いていることもあって、しばらく道元からは遠ざかっていた。道元の『正法眼蔵』などの書物は難しくて、サジを投げた恰好になってしまったが、当代の人の嚙み砕いたものは手に取っていた。里見弴の『道元禅師の話』（岩波文庫）など道元に関する書物は数えきれないほどある。ただ道元の歌には興味が残っていた。

川端康成がノーベル文学賞を受賞して、スウェーデンのストックホルムで記念講演した時の演題「美しい日本の私」の冒頭に道元の歌が挙げられていた。

春は花夏ほととぎす秋は月冬雪さえて冷《すず》しかりけり

日本の四季をこれほど的確に表した歌はないだろう。以前、長野市鬼無里に講演にいった時、この歌に出会った。会場の松厳寺というお寺に、その歌碑があった。知人で鬼無里出身の川端研究家の川俣従道さんの尽力で建てられた。この経緯は、堀辰雄夫人の多恵子さんより聞いていた。川俣さんは、川端が選んだこの歌を歌碑にした。

長野には長野市の龍洞院に『永平寺道元禅師行状図絵伝』が残っている。江戸時代に描かれたもので、道元の生涯の五十場面があり絵解きに用いられている。(「長野」第二二二号)

道元はその後、修行時代から宋より帰国して曹洞宗の基をつくるまで厳しい修行者の道を歩む。その姿は曇りもなく清々しい。私が道元に惹かれるのは、宗教者としてのその姿なのだ。永平寺に行った時、若い雲水たちの姿に、道元の面影を見て、深く感動したことを思い出す。では一体、道元の歌はどのような歌なのか。紙幅が尽きるまで挙げてみよう。

嬉しくも釈迦の御法《みのり》にあふひくさかけても外の道をふまめや
山の端のほのめくよひの月かげに光もうすく飛ぶ蛍かな
人しれずめでし心は世の中のただ山川の秋のゆふぐれ
おろかなる我は仏にならずとも衆生をわたす僧の身なれば
六つのみちをちこち迷ふともがらはわが父ぞかし母ぞかし
本末もみな偽りのつくもがみ思ひ乱るる夢をこそとけ

草の庵にねてもさめても申すこと南無釈迦牟尼仏憐れみたまへ
とどまらぬ隙ゆく駒のゆくすゑに法の道うる人ぞ少なき
此の心天つ空にも花そなふ三世の仏にたてまつらなむ
水鳥の行くも帰るも跡たえてされども路はわすれざりけり
世の中にまことの人やなかるらん限りも見えぬ大空の色
大空に心の月をながむるも闇に迷ひて色にめでけり

八月二十八日（現九月二十九日）道元は入寂する。

また見むとおもひし時の秋だにも今宵の月にねられやはする

（道元最後の歌）

十　良寛

自らを大愚と号した良寛に人々は今でも敬愛の情をもっている。何故か。世間でいうことの立身出世からほど遠い仏門に入り、清貧の生活に甘んじ、自然と童と歌と詩、書など独自の精神的な世界に遊び、その生涯を閉じたからか。ただの仏僧だけだったら、今のように後世に名を残すことはなかっただろう。

良寛の出生から晩年の貞心尼との交情まで、話題には事欠かない人生の起伏がある。托鉢で生計を立てる辛苦の道を選んだにも拘わらず、良寛には「物語」があった。それは人々との交わりであり、自然の営みの一部として、奢らずに生きた誠実さを残したことにある。自らが残そうとしたのではなく周囲の人々によって、それは後世に伝えられた。

学問的気風があった生家、橘屋という土台の上に良寛の向学心が重なったこともある。越後出雲崎の名主の長男でありながら、実業的には昼行灯と言われたのも、読書三昧で青年期を過ごしたせいであろう。

父の仕事である名主職を一時手伝うが、十八歳で剃髪してしまう。その原因は詳しく分からないが、身分制度の厳しい江戸時代の名主職の現実に耐えられなかったなど諸説ある。国仙和尚につき、和尚示寂後、諸国行脚の旅に出るが、この間に父の以南が京都で死ぬ。自殺とも行方不明ともいわれる。

その一年後、良寛は故郷の越後に帰る。父の死が切っ掛けになったのか不明だが、生家には入らなかった。この時、良寛三十九歳。実家は弟の由之が名主職を継いでいた。

四十歳で国上の五合庵に住むが、四十五歳で寺泊の密蔵院に移り、再び四十七歳で五合庵に定住するようになる。この間に、生家の橘屋は没落する。

一時、乙子神社の草庵に移るが、体の衰えもあり六十九歳で島崎の能登屋、木村家の草庵住まいをして、ここで病の末に七十四歳で示寂した。

この木村家の草庵で、貞心尼に会い、良寛の死までの間、師弟の交わりを結んだ。

良寛の死後、貞心尼が『蓮の露』を完成させて、良寛との交流が後世に残された。これによって一仏僧の晩年に花が添えられ、現代の我々が読んで想像の羽を広げることができる。和歌を通した二人の交情には年齢差や境遇の違いを越えて、和歌に託した思いが伝わってくる。

貞心尼は越後の士族の娘として生まれ、今で言えばバツイチとなり、夫の死後、得度して尼になった。貞心尼二十九歳の時、すでに老境に入っていた六十九歳の良寛が住む能登屋、木村家の草庵を訪ねた。子供らと遊ぶ無垢な心をもった学僧としての良寛さんの噂を耳にしていたのだろう。若く美しい尼僧と老僧との交流は、和歌を通して繋がっていく。

世俗を超越した純粋な心の吐露が、二人の和歌のやりとりから感じられ、現代でも人々の胸を打つ。

良寛が、貞心尼の訪れを心待ちにしている歌を挙げてみよう。

又も来よ柴のいほりをいとはずばすすき尾花の露をわけわけ
君や忘る道やかくるるこの頃は待てど暮らせど訪れのなき
秋萩の花のさかりも過ぎにけり契りしこともまだ遂げなくに
(秋萩の枝をかざして遊びましょうと言ったのに貞心尼は来ない。契りしこととはそのこと)
あづさゆみ春になりなば草の庵《いほ》とく出て来ませ会ひたきものを
いついつと待ちにし人は来たりけり今は相見て何か思はむ

病状は悪化していく中でも、良寛は、貞心尼の訪れを待ち望んでいた。会えば言うこともないが、心は落ち着き嬉しさだけに満たされる。

死を前に、良寛は歌を詠んでいる。二人とも仏に仕えた身、互いにその来し方は定まっている。

良寛に辞世あるかと人問はば南無阿弥陀仏といふと答へよ

不可思議の弥陀の誓ひのなかりせば何をこの世の思ひ出にせむ
御仏のまこと誓ひの弘《ひろ》からばいざなひ給へ常世の国に
われながらうれしくもあるか御仏のいます御国に行くと思へば
たまきはるいまはとなれば南無仏といふより外にみちなかりけり

（貞心尼）

良寛の死後、貞心尼は幾つかの著作を残す。良寛の歌を愛し、書を愛し生きかたを愛した貞心尼は、良寛のことを書き残さずにはいられなかったのだろう。

良寛の晩年の待ち人となった貞心尼は、良寛の命の最後に火を灯した女人だった。貞心尼は、時代が変わった明治五年に七十五歳で亡くなる。貞心尼の辞世の歌が残されている。

くるに似てかへるに似たりおきつ波立居は風のふくにまかせて

（貞心尼の墓に）

良寛の墓は、島崎の隆泉寺に、貞心尼の墓は柏崎の洞雲寺にある。

良寛を世に知らしめた人に相馬御風（一八八三―一九五〇）がいる。故郷に帰った御風は同郷の良寛に心酔し、多くの良寛に関する著作を世に出した。

なりなりておのれきよかる高山のこほりにうつる空の色かも

（御風の歌）

世の中にまじらぬとにはあらねどもひとり遊びぞ我はまされる　（良寛）
形見《かたみ》とて何かのこさむ春は花夏ほととぎす秋はもみぢ葉　（良寛）

良寛の辞世の句に人間の本質をみていた素の思いが伝わってくる。

裏を見せ表を見せて散るもみぢ

あとがき――番外という名の歌人たち

現在「歌人番外列伝」という文章を書いている。つまり専門歌人でない人で、他分野で特に名が知られている人々を取り上げている。番外の番外として死刑囚なども入っている。

日本人は、どういう訳か一筋というのが好きで、多分野に渉って、それぞれが専門の域に達していても余り評価しない。自らの範疇の内では評価しがたいのか、いわばマルチ人間を正当に扱わない。

時々、変な反骨で脇道に逸れる私としてはそんな視点で番外の歌人たちを取り上げてみたくなった。書き始めて、そんな人々が大勢いるはずはないから、せいぜい二、三〇人で終わってしまうかと思ったら、それが不思議なことに芋づる式に、次々と「私も私も」と出てくるのには驚いた。

文学者には、まず短歌から近づく人が少なからずいる。文学的な通過点として短歌にふれ、それぞれの特性を見極めて詩や小説などの分野に移っていく。又ある人は途中から短歌形式に目覚め、生涯つづける人もいる。あるいは短歌と俳句に分かれていくこともある。

「番外列伝」に取り上げる人の条件のひとつに歌集を出していることを基準にしている。ところが、その歌集が手に入らないことが多い。古いものは尚更で、国会図書館に調べに行くこともある。

それでは、二、三該当する番外の歌人を挙げてみよう。

最初に登場したのが近年亡くなった鶴見和子。脳出血で倒れてから次々と歌集を出している。社会学者として活躍した鶴見が倒れた時に迸るように出てきたのが歌だった。若い頃に佐佐木信綱門下で歌集『虹』一冊を出していた。そのことがなければ五〇年経って、歌の甦りはなかっただろう。命をつなぐ魂の結晶のような歌を口述筆記したのは、私の友人でもある鶴見の妹、内山章子さんだった。最初の草稿を私に持ってきたのも章子さんだった。

「半世紀死火山となりしを轟きて煙くゆらす歌の火の山」

異色はノーベル物理学賞受賞者の湯川秀樹。湯川は歌集『深山木』を残している。最近の原発の問題もさることながら、科学が間違った方向にいってしまったことに科学者としての責任を感じ、死ぬまで平和運動をつづけていた。

「天地のわかれし時に成りしとふ原子ふたたび砕けちる今」

最近では舞踊家の藤蔭静枝を調べている。この人も佐佐木信綱門下で昭和十八年に一冊の歌集『明けゆく空』を出している。今その歌集を探している。永井荷風の妻であったことは知っていたが、静枝とは思いがけない出会いがあった。以前、私が軽井沢町立図書館長だった時に、遺族のご好意で図書館の庭に軽井沢に別荘があった吉屋信子の句碑を移設することができた。その吉屋と静枝が結構親しく交際していることが分かった。吉屋は評伝小説『底のぬけた柄杓』で静枝を取り上げている。そこにあった静枝の歌。

「鉄の扉ははたと閉せりわが前途ふみまどふ道のこのただ中に」

番外から人生最後の時に歌を詠むという死生観をもつ日本人を見つめていきたい。

出版にあたり「水甕」代表の春日いづみ様には懇切なご指導を賜り、感謝申し上げます。そして私が短歌を止めようと思っていた時、引き戻して下さった「水甕」元代表の春日真木子先生には温かな序文を頂きました。また短歌研究社の國兼秀二様、菊池洋美様にお世話になりました。皆さまに感謝申し上げます。

二〇二〇年十月　玻瑠山居にて

塩川治子

塩川治子の短歌歴

1942年　東京で生まれる。
1976年　軽井沢に移住。
1981年　香川進主宰の「地中海」に所属。
1991年　第一歌集『水の火矢』（北羊館）刊行。
1996年　「海市」創刊に参加。第二歌集『霧無韻』（北羊館）刊行。
2007年　第三歌集『霧ものがたり』（角川書店）刊行。雨宮雅子主宰「雅歌」に参加。大正７年創刊の「短歌至上」（杉浦翠子創刊、月尾菅子主宰）に二十年に渉り歌論、随筆を発表する。〔翠子の生涯を描いた評伝小説『不死鳥』（河出書房新社）の縁による〕
2014年　「雅歌」に継続して歌と「歌人番外列伝」（連載）を発表する。
2015年　雨宮雅子死去、「雅歌」終刊となる。第四歌集『風の旅人』（柊書房）刊行。
2016年　「日本歌人クラブ」入会。
2018年　「水甕」同人となる。

検印
省略

二〇二〇年十一月十六日　印刷発行

歌人番外列伝―異色歌人逍遥

定価　本体二五〇〇円（税別）

著　者　塩《しお》川《かわ》治《はる》子《こ》
郵便番号三八九―〇一一一
長野県北佐久郡軽井沢町長倉三九七五―五

発行者　國兼秀二

発行所　短歌研究社
郵便番号一一二―〇〇一三
東京都文京区音羽一―一七―一四　音羽YKビル
電　話〇三（三九四四）四八二二・四八三三
振　替〇〇一九〇―九―二四三七五番

印刷者　豊国印刷
製本者　牧製本

ISBN 978-4-86272-649-0 C0095 ¥2500E